李白杜甫手札：

醉眠秋共被

U0131926

古人—很潮

编著

新世界出版社

NEW WORLD PRESS

目录

明月魂中谪仙人

李白

当他醉了的时候是他最清醒的时候，

当他清醒的时候是他最糊涂的时候。

明月诗仙李白，代表作《望庐山瀑布》《将进酒》等。将浪漫进行到底的『酒坛子』，天生有才、大名鼎鼎的他，深夜也会在月下独酌，他那满腹才华，终是和他一起溺在了酒里。

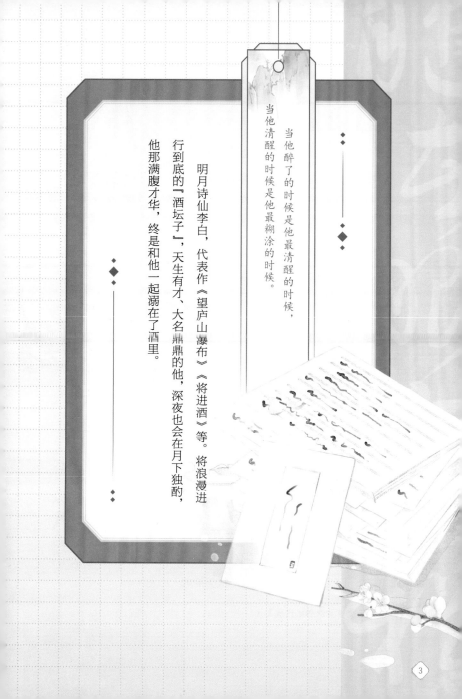

李家有位少年郎，十岁通诗书，读诸子百家，有着藏不住的才华，却做着世人不理解的御剑寻仙梦。

于是在春色正好、山峦叠翠、飞鸟悠悠展翅天际之时，他踏上了寻梦之旅，一路向南。

从峨眉到江陵，游洞庭，戏广陵，少年用自己的双足丈量世界的广度，用双目与诗词，记载世间美景，《登峨眉山》《峨眉山月歌》《望天门山》等诗作无不透露着八个大字——仙气飘飘，浪漫洒脱。

这是李白，或者说某一个切面的李白，带着成仙远游之梦的浪漫色彩。

但再浪漫的诗人、再恣意的任侠，也会经历离别，最后他的路上始终只有他一个人。可李白笔下的离别总是格外浪漫。

故人西辞黄鹤楼，烟花三月下扬州。

孤帆远影碧空尽，唯见长江天际流。[1]

"世人总说离别伤感，但这场离别是愉快的，因为我的故人要去一个很美的地

李白

大鹏飞兮振八裔，
中天摧兮力不济

1.《黄鹤楼送孟浩然之广陵》。

方，我替他开心。"李白这般想着。

此时的李白尚是纵情快意的年轻人，既向往烟花三月的扬州，也向往如孟浩然一般陶醉在山水之间，自由且愉快地生活。

这是连离别也诗情画意的少年李白。

风华正茂又富有才华，自然期许入朝为官建功立业。

只可惜，一晃到了三十岁，李白的生活都算不上顺遂，遭人谗言诽谤，自白无果，欲谒见王公大臣以谋前程，也是徒劳。

永辞霜台客，千载方来旋。

一首《安陆白兆山桃花岩寄刘侍御绾》，在对桃花岩极尽华丽的描述下，暗藏着李白在长安未遇而归、报国无门的复杂感情。

愁啊，家中有妻儿，胸中有壮志，本该令妻儿衣食无忧，本该让满腔热血都找到最好的归处，偏偏穷困潦倒于长安。

"罢，此生便如此吧。"李白自暴自弃，和长安的市井之徒成了朋友。

可是真的就如此自我放逐吗？

金樽清酒斗十千，玉盘珍羞直万钱。

停杯投箸不能食，拔剑四顾心茫然。

欲渡黄河冰塞川，将登太行雪满山。

闲来垂钓碧溪上，忽复乘舟梦日边。

行路难，行路难，多歧路，今安在？

长风破浪会有时，直挂云帆济沧海。

他终究是不甘心自己心中的壮志，这般泯然于长安街头的烈酒之中。

饮尽杯中酒，酣然一首《行路难》，这是即使失意，也不泯灭心中希望的李白。

当李白终于获得当朝天子的赏识、供奉翰林之时，实现心中所愿了吗？

并没有。

胸怀珍宝，便易引来恶狼。帝王的珍视，是荣耀，也是旁人嫉恨的来源，而官场也彻底粉碎了诗人世界的纯粹与美好。谗言让天子开始疏远李白，而不屈于权贵、亦不受拘束的李白开始沉醉于酒中。纵然有天子恩宠，纵使才情闻名天下，但他终究还是离开了朝堂。

君不见黄河之水天上来，奔流到海不复回。

君不见高堂明镜悲白发，朝如青丝暮成雪。

人生得意须尽欢，莫使金樽空对月。

天生我材必有用，千金散尽还复来。

……

"抱用世之才而不遇合，但我并不是泛泛之辈，我有我的才情、骄傲，怀才不遇又有何惧！"李白在醉酒中作下这首《将进酒》。

而《将进酒》仿佛言尽了桀骜、自信、狂放、清高却毫不违和的李白，变成了他的酒中诗，亦是他的心中事。

李白又变成那个或隐居山林或四处游走的李白，只是和年少时不同，此时的李白人至中年，名声在外，早已看遍世间，经历万千。

唯一不变的，大抵是他诗中那永存的浪漫、他的酒和他的剑术。

天宝三载（公元744年），李白在洛阳（今河南省洛阳市）遇到了杜甫，后又在梁宋（今河南省开封市、商丘市一带）认识了高适。世间大抵唯有知己最能安抚李白那颗抑郁不得志的心，三人把酒言欢，畅谈天下事，也同样为国家的未来心生忧虑。

可忧虑又如何，李白的诗作可以抒发胸中之志，却撼动不了权贵的地位。

长安那仅仅一年多的春风得意终究成了过往，由布衣到卿相的向往终究成为泡影。或许回到东鲁（今山东省曲阜市、兖州市一带），在家中安宁度日是最好的选择。

但他是李白啊，那个心中藏着乾坤的浪漫诗人。

开元盛世不再，安禄山的野心初见端倪，纵然远离朝堂，李白却始终放不下对家国的牵挂与忧心。他因安禄山的野心登黄金台痛哭，因天子失权，为国家前途忧心忡忡。最终，一场安史之乱让曾经的盛世陷入动荡。

"这战乱，苦的终究是百姓啊。"李白心生感慨，杯中之酒竟也泛起苦来。

谈笑三军却，交游七贵疏。

仍留一只箭，未射鲁连书。

《奔亡道中》，字字句句无一不透露出他的失意与不甘。

而后，李白等来了一位使臣。使臣来了三次，对李白道："永王李璘欲平天下之乱，特请先生入幕相助。"

李白终于被请动，却不知于他而言这将是一条祸路。

他踌躇满志，以为可以一展抱负，但永王有心反叛，兵败之后，李白迎来了他这一生中最黑暗的时刻。

那个曾在帝王身侧风光无二的大诗人，朝夕之间成了浔阳（位于今江西省九江市）的狱中客。

"我分明是想要平灭叛乱，让黎民免受战乱之苦，何以成了罪人？"狱中的李白悲愤、焦急，从未有哪一刻如此时这般急切地想要为自己辩白。

最终，在宋若思和崔涣的襄助下，李白脱险出狱。

彼时李白已年近花甲，与年岁渐长一同而来的，还有谁都躲不过的老弱。李白卧病宿松（今安徽省西南部），而后被判流放夜郎（今贵州省境内）。

这一路上，说不清多少愁绪都藏于酒中，但行至白帝城时，那一纸赦令突来，李白心中的苦闷一消而散，他又变回了那个胸有乾坤、恣意洒脱的诗仙。

朝辞白帝彩云间，千里江陵一日还。

两岸猿声啼不住，轻舟已过万重山。[1]

近六十岁的李白和二三十岁的他并无不同，那颗想要建功立业的心，仍在胸腔之中怦怦跳动。只可惜，他再遇不到那样的机缘了。

大鹏飞兮振八裔，中天摧兮力不济。[2]

李白常醉于酒，仿佛醉了，他就不是那个世人口中的大诗人，也不是那个怀才不遇空有抱负的李白。

世人皆知李太白，谁知太白心中憾？

人生得意须尽欢，莫使金樽空对月。[3]

也许只有杯中酒，天上月，才知太白心中憾。

1.《早发白帝城》。

2.《临终歌》。

3.《将进酒》。

山河草木人间客

杜甫

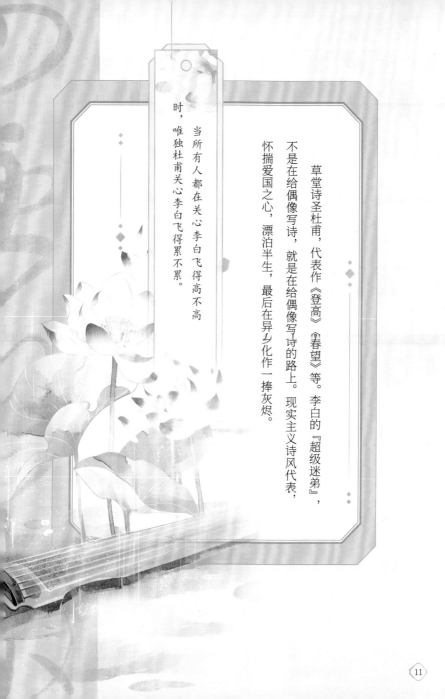

草堂诗圣杜甫，代表作《登高》《春望》等。李白的『超级迷弟』，不是在给偶像写诗，就是在给偶像写诗的路上。现实主义诗风代表，怀揣爱国之心，漂泊半生，最后在异乡化作一捧灰烬。

当所有人都在关心李白飞得高不高时，唯独杜甫关心李白飞得累不累。

杜甫

万里悲秋常作客，百年多病独登台

文／明戈

某一天，一个天才少年骑上了宝马，披着日暮霞光，扬鞭疾驰，去找他的诗和远方。

他先去郇瑕（泛指陕西省临猗一带的晋国故地）游历了一年，而后又去吴越（泛指今江苏省南部、上海市、浙江省、安徽省南部、江西省东北部一带）游历了三年，把游览人间的潇洒驴友人设立得足足的。

直到二十三岁，他登上了行程的最后一座高山，看着流向天际的滔滔江水，负手而立，意气风发。游也游了，现在……

"该干点正事了。"少年淡淡开口。

这个少年便是大唐的天骄杜甫。

下山后，杜甫直奔故乡，参加乡试。要说天才就是不一般，这种小考试动动手指就过了。一年后，正当杜甫雄赳赳气昂昂来到洛阳，打算在进士考试里大杀四方时，却遭当头一棒，遗憾落第了。

但杜甫本着心有多大、舞台就有多大的原则，又裘马轻狂了四五年。终于，在五岳之首，泰山之巅，潇洒先生杜甫写下

了那首壮志凌云的《望岳》：

> 岱宗夫如何？齐鲁青未了。
>
> 造化钟神秀，阴阳割昏晓。
>
> 荡胸生层云，决眦入归鸟。
>
> 会当凌绝顶，一览众山小。

在这样气势雄浑的山巅，杜甫发出众山皆小的感慨。这豪情万丈的一句诗，不仅在夸泰山宏伟，更是在呐喊着自己的壮志——"窃比稷与契"[1]，为万世开太平。

满世界跑的杜甫虽说是个金牌旅客，可他终究姓杜。而杜家，正是"奉儒守官"之家。所以杜甫打小便有志于"致君尧舜上，再使风俗淳"[2]，这是他内心最深处的理想。

"是时候干点正事了。"杜甫站在山巅又说了一遍。

可正当杜甫拍拍行囊，打算沉下心来走上仕途时，那个男人出现了——李白。

就这样，杜甫前脚刚想退出江湖，后脚又回来了。李白不仅拉着他旅游，还拉他寻仙炼丹，一起当散仙，逍遥快活。两人亲如自家兄弟，喝醉后甚至盖同一床被子睡觉[3]。

杜甫一边跟着李白跑，一边心里不是滋味。自己生活固然潇洒，

1.《自京赴奉先县咏怀五百字》。

2.《奉赠韦左丞丈二十二韵》。

3.《与李十二白同寻范十隐居》：余亦东蒙客，怜君如弟兄。醉眠秋共被，携手日同行。

可时候到了，还是要用自己的能力为黎民百姓谋事、以天下为己任，这才是文人该做的事。

终于，在齐鲁大地上，杜甫结束了行程，与朝夕相处的朋友告别。不过，杜甫转身投入仕途后，事情发展得似乎并不像他想的那样顺利。

天宝六载（公元 747 年），唐玄宗为招募人才，发布诏令，杜甫闻讯也前去参加了考试。

可胸有成竹的杜甫等来的不是封官的佳讯，而是李林甫"野无遗贤"的闹剧——参加此次考试的士子全部落选、无一录用。

杜甫看着自己满是墨痕的双手，耳朵似乎能听到那位权相奸笑奉承之音。他心里第一次划过一丝不确定，好像仕途和自己预想的不太一样。

天宝九载（公元 750 年），杜甫又为唐玄宗献《三大礼赋》，得到玄宗的赏识。杜甫以为自己终于有机会做官了，可主试者是李林甫，所以到最后，他依然是一介布衣。

直到这时候，杜甫才停下自己忙碌的脚步，终于愿意承认，纵使自己诗才过人、自视天骄，在这凶险吃人的官场，也百无一用。

举进士不中第，困长安。[1]

繁花似锦的长安，载满期望的长安，一贫如洗的长安，困守十年的长安。

---

1. 出自《新唐书·杜甫传》，〔宋〕宋祁等撰。

终于，朝廷封了他一个小官。杜甫如此回道："不作河西尉，凄凉为折腰。"[1]

朝廷见此，又改任他为右卫率府兵曹参军。杜甫为了生计，也终是接受了这等无用之职。而待他回到家中，却发现自己的小儿子已经活活饿死。[2]

年少时载自己快意人生的骏马，被拴在家门口，也已瘦骨嶙峋，哪还有那时凛凛威风之貌，一如现在的自己。

同年，安史之乱爆发。潼关（位于今陕西省渭南市潼关县北）失守，百姓颠沛流离，朝廷皇位更迭。

杜甫见天下混乱至此，自己绝不能袖手旁观，定要尽一份力。于是只身北上，投奔在灵武（位于今宁夏回族自治区银川市）的皇帝唐肃宗。可在前行途中，被叛军抓住，押送到了长安。

昔日花马少年郎，今时白衣阶下囚。

杜甫趁乱逃走，而他逃出后的第一件事，不是庆幸自己于乱世苟活，而是拿起行囊继续向目的地进发。

在途中，朝不保夕的杜甫毫不在意自己，一心扑在国家时局上。写下《为华州郭使君进灭残寇形势图状》和《乾元元年华州试进士策问五首》两文，为剿灭叛军建言献策，思考减轻人民重负的良方。

---

1. 出自《官定后戏赠》。
2.《自京赴奉先县咏怀五百字》：入门闻号啕，幼子饥已卒。

终于，杜甫见到了唐肃宗。

和自己年少时想象的，在金碧辉煌的大殿中，身穿锦袍，头发一丝不乱，一身傲骨地接受封官的场景完全不同。杜甫浑身尘埃，衣袍寒酸，眼中满是血丝，甲缝里都是逃亡时的泥土。他跪在堂下，声音颤抖着接受这国难中被授予的"左拾遗"一职。

好景不长，杜甫因替房琯进言，触怒了唐肃宗，被贬华州。虽宰相张镐力救，但杜甫仍受到牵连，最后被贬为华州司功参军。

在从洛阳去华州的途中，杜甫看到因连年战争受尽苦难，却依旧为国参战抗击叛军的人民，作出"三吏""三别"。[1]

杜甫别无他法，只能用自己的笔，写下一首首载满百姓泣血哀哭的诗。

后来，他几经波折到了成都。在友人的帮助下，在浣花溪畔建了一所草堂，虽然简陋，但也是个安歇之所。几年间，他生活依旧困苦，靠朋友救济过活。这禁不起风吹雨打的草堂，也常常破损。

即使自己生活困苦至斯，杜甫依旧不忘忧国忧民，担心这世上的穷苦人。

后来好友去世，病魔缠身的杜甫不得不又去了夔州（今四川

---

1. "三吏"指《新安吏》《石壕吏》《潼关吏》，"三别"指《新婚别》《垂老别》《无家别》。

地区东北部）。当杜甫艰难登上白帝城外的高台，举目远眺，有感写下《登高》：

> 风急天高猿啸哀，渚清沙白鸟飞回。
>
> 无边落木萧萧下，不尽长江滚滚来。
>
> 万里悲秋常作客，百年多病独登台。
>
> 艰难苦恨繁霜鬓，潦倒新停浊酒杯。

这首随笔之作，是为七律之首，冠绝古今。诗中七律本就最不自由、要求极多，这种严苛挑剔的诗，杜甫却能信手拈来，不为炫技，独求情感。

杜甫常哀叹自己只有一支笔，现在却摇头庆幸，自己还有一支笔。

大历五年（公元 770 年），流亡乘舟的杜甫困于涨水，五天粒米未食，后被县令聂某所救，为他准备了"牛炙白酒"，而这也成为了他人生中的最后一餐。[1]

他虽一身才华，却为生计奔走不停；他虽最不喜拘束，却一生困于忧国忧民。杜甫永远不知道，在他死后，自己被奉为"诗圣"，与自己的偶像齐名。

有人说他傻，自己都这么惨了，操心什么国民。可就是因为这点傻气、这点执着，他的诗永存民心与历史之中。

寒屋布衾独冻死，亦作尘间悲悯人。

---

1. 出自《新唐书·杜甫传》：令尝馈牛炙白酒，大醉，夕卒，年五十九。

明月魂中谪仙人

山河草木人间客

相逢二十问

 姓名?

李白：李白，李太白，青莲居士，李二十二……

杜甫：杜甫，子美，大家也叫我"杜工部"或者"杜少陵"。

 你们相差几岁?

李白：……（开始掐指算）

杜甫：11岁。

 第一次相遇是在?

李白：洛阳[1]吧，那一年玄宗赐金放

---

1. 李白与杜甫初遇地点究竟是洛阳还是开封，抑或是商丘，目前学术界尚有争议，依照通行的文学史教材《中国古代文学史》以及《教育部基础教育课程教材发展中心 中小学生阅读指导目录》中《杜甫传列》的记录，依旧以公识的东都洛阳作为两人初遇的地点，后文同理。

我还乡，心情虽不佳，但遇见子美还是很高兴的，有一种一见如故的感觉……

杜甫：大唐天宝三载（公元744年），我们初见在洛阳的春天。

 对彼此的第一印象是？

李白：戴着竹笠、总是不高兴的小友，会为作诗而憔悴消瘦。

杜甫：喜极而泣，我终于见到我的偶像了，真的是谪仙下凡，让人不由自主地被吸引和震撼。

 怎么称呼彼此？

李白：子美，杜二甫。

杜甫：李十二白，太白。

 最欣赏对方的哪一点？

李白：什么都欣赏。

杜甫：当然是他的才华，白也诗无敌，飘然思不群，他就是天上的谪仙人下凡！

 不喜欢对方哪一点？

李白：他赠我诗说"秋来相顾尚飘蓬，未就丹砂愧葛洪。痛饮狂歌空度日，飞扬跋扈为谁雄"，因为没有炼成丹药和我虚度了时光，他决定继续读书不陪我寻仙了，可恶。

杜甫：《赠汪伦》。

 想念对方的时候，会做些什么？

李白：喝酒，听流水、风声，怀念去过的地方。

杜甫：找好友打听消息，给他写诗、写信，做梦……

 那互相给对方写了多少诗？

李白：有记录的有三首啦！

围观路人：相对而言已经很多了。

杜甫：十几首吧，还有好些我都自己珍藏，没有公之于众。

 如果要送礼物给对方，会送什么？

李白：我自己？

杜甫：杯中酒，水中月，手中剑。

 你们会在意对方和其他朋友比和自己更无话不谈吗？

李白：当然不会，四海之内皆朋友。

杜甫：……（沉默）

 两人初次相约是在哪？

李白：梁宋，我记得还遇见了高适。

杜甫：在东都相遇，正值秋时相约游梁宋，还曾渡河游王屋山。

一起去的地方最喜欢哪里？

李白：和子美一起，哪有不喜欢的地方？

杜甫：蒙山，跟着他寻隐问道体验了游侠一般的生活，一直很怀念那段时光。

 关于彼此最难忘的记忆是？

李白：东鲁，是我们最后一次相见，飞蓬各自远，且尽手中杯。

杜甫：那年我们相约同访鲁郡城北的范十居士，醉眠秋共被，携手日同行。

 对方做了什么事情，让你觉得你们非常默契，就是天生知己？

李白：读到那首《不见》之时。

杜甫：少时便听闻他的才名，相交更是惊艳愉快，就算我说不想虚度光阴要离开，他也会说"飞蓬各自远，且尽手中杯"，（小声）其实我更希望他能挽留我。

 如果再有机会相游，想去哪？

李白：子美，庐山怎么样？

杜甫：四川，当年一直期待他归来后，一起安度人生的最后时光。

分别如此多年再次相见，想一起去做什么事？

李白：当然是喝酒，会须一饮三百杯！

杜甫：相聚对饮，谈诗论赋。

 最喜欢对方给自己的哪一首诗？

李白：《与李十二白同寻范十隐居》，那段时光太快乐了！

杜甫：《沙丘城下寄杜甫》，感动！他在与我分别之后还在思念我。

 和彼此最遗憾的事情是什么？

李白：自东鲁一别之后，我继续潇洒天地间，后来身陷囹圄，与子美也再未相见。

杜甫：分别后，我们只在梦里相见，而最后他在飘零中离世，最终没有回到四川，我也没能等到他回来。

 有什么话要和对方说？

李白：……（举杯）

杜甫：……（亦举杯相碰）

两人相视一笑……

初见李杜

第一章

故事开始于公元 744 年，也就是天宝三载。

此时的李白 43 岁，被唐玄宗以"赐金放还"的名义遣离长安，他沿黄河东下，打算取道洛阳前往山东。

此时的杜甫 32 岁，由于进士考试落第，他周游齐赵（今山东省、山西省、河北省一带）后返回洛阳（位于今河南省洛阳市），想在这里休整一段时间，结交三五好友，再入长安求取功名。

或许是巧合，又或许是杜甫听闻了李白会途径洛阳的消息，为一睹他的风采并尽地主之谊，早早在此等候。

总之，他们两人在东都洛阳会面了，像晴天里的太阳和月亮碰了头。

采编青史，纵阅黄卷，"我们四千年的历史里，除孔子见老子，没有比这两人的会面更重大、更神圣、更可纪念的了"。[1]

两人会面后相谈甚欢，一见如故。无奈杜甫不得不离开洛阳，要回到陈留（今河南省开封市陈留镇）祖母处。于是意犹未尽的他们，便相约下次定要结伴同游，好好来一场远离烦嚣之旅。

1.《杜甫》，闻一多。

 洛　阳

名称：东都（用于公元 609—684 年）

地理位置：现今河南省洛阳市

始建时间：最先建造于隋炀帝大业元年（公元 605 年），历经唐代、五代、北宋相继沿用长达 530 余年。

历史特点：洛阳是当时唐朝的政治、经济、文化中心，也是丝绸之路的东方起点，还位于隋唐大运河的中心位置，在历史上洛阳还曾是世界上最闪耀、繁华的国际化大都市，影响着围绕它运转的国家历史。

 初见的洛阳

关于李白与杜甫初次相见的情景，可考的史料记载寥寥无几。但幸而，见证了他们会面的洛阳城，却透过文字重现于人们眼前。

若问古今兴废事，请君只看洛阳城。[1]

洛阳作为十三朝古都，有着一千五百多年的建都史。从唐时东都的城墙上向下俯瞰，能看到城内充满唐代风韵的"一百三坊三市"[2]，熙熙攘攘，来往繁华。胡人汉人衣着迥异，不同民族间文化交融异彩纷呈。

1.《过故洛阳城》，司马光。
2.《唐两京城坊考》，〔清〕徐松编撰。

西域的胡商步履奔忙，他们把大唐文化驮在骆驼背上，随着驼铃轻摇，清脆的回响传遍丝路的每个角落。

城内寺院钟鸣，胡乐随声附和。随着胡乐飘飞的，是姑娘跳起胡舞时旋转的瑰丽裙摆 [1]，转啊转，转过山水，化作盛唐的华彩霞光，和着乐声与清脆的铃声，横亘在整个东都的天空上。

在这里，无论是让文人意趣盎然的园林别业，还是白居易的履道里居所，抑或是裴度的集贤园园林、李德裕的平泉庄别业，都在繁华中透出远离政治旋涡的安宁。

也正因如此，洛阳成为了可以让无数失意官僚和文人归隐的、另一种可以啸傲林泉和纵情山水的桃花源。

失意的李白和重塑旗鼓的杜甫会在这里相遇，不仅是命中注定，也是因为东都洛阳那份喧嚣却安宁的灵魂，就恰好存在于他们命运的旷野之中。

---

1. 出自《太平广记》："每岁，商胡祈福，烹猪杀羊，琵琶鼓笛，酣歌醉舞。"

赠李白

〔唐〕杜甫

二年客东都，所历厌机巧。

野人对膻腥，蔬食常不饱。

岂无青精饭，使我颜色好。

苦乏大药资，山林迹如扫。

李侯金闺彦，脱身事幽讨。

亦有梁宋游，方期拾瑶草。

 诗 文 鉴 赏

这是杜甫赠给李白的第一首诗，他在诗中表达了自己厌市井而向往山林之情，也表明了期待与李白偕隐之志。

全诗大意为在旅居东都的两年中，我十分厌恶我所经历的那些诡诈之事。虽然我居住在郊野民间，但也不会吃发了臭的牛羊肉。因此我只有吃那些简陋的粗食，所以一直吃不饱，也没有青精饭（唐代民间食品）让我的面色和精神更好。

此外，缺乏炼丹药的原材料也一直让我苦恼。这山林里一点儿药物的痕迹都没有，就像被人用扫帚扫过了一样。作为朝廷里的贤德之士，太白你也要脱身金马门，去山林幽隐了。

那么，我也要离开东都，去游览梁宋。万分期待与你同游、拾取瑶草。

相逢

同遊梁宋

◇ 第二章 ◇

在洛阳相约后，时间来到天宝三载的秋日，李白与杜甫开始同游梁宋。杜甫终于和他名满天下的偶像有了交集，两人抛开名利的羁绊，一同去求仙访道。

在这个秋天里，他们一起去寻华盖君与司马承祯，途径开封又来到宋中（今河南省商丘市一带），与住在这里的高适相会。他们三人游梁园、登单父台（这又是后文相聚的另一个故事了）秋猎郊游，潇洒快活地纵酒吟诗。在与高适分别后，李白则独自北上济南紫极宫，正式入道。

次年春天，李杜二人又同游泗水河畔[1]，共至蒙山寻隐问道。游至夏末，杜甫北上看望弟弟，与李白分别。北上途中，杜甫还参加了"济南之会"，并留下了著名的《陪李北海宴历下亭》一诗。

而与李白同游梁宋的这段时间，是杜甫晚年最怀念的一段时光。他们朝夕相处，一起登台怀古、喝酒吟诗、寻道访仙……这种亲密无间的相处，增进了二人对彼此的了解。抛开彼此不同的性格，他们本质都是同道中人，都满腹经纶，又怀有报国之志。不同的是李白已经经历过仕途的打击，于是选择了寄情山水，重归大川名山。而杜甫才刚刚告别"裘马轻狂"的日子，决意投身官场。他们就这样相识在各自入世和出世的擦肩时刻，在这短暂如歌的秋天里饮酒酬唱，相互作诗赠答、赞颂友谊，成为知己。

两人在梁宋的时间并没有多久，但时间的长短并不能代表友

---

1. 出自杜甫《寄李十二白二十韵》："行歌泗水春。"

谊的深浅。在后来分别的十多年里，杜甫多次在诗作里提及这次经历，怀念同游的情景，关心李白的近况。而李白也有应答之作，可惜仅留下来了一首。

人生数十载，可说到底，留下的不过是一些瞬间。于杜甫而言，这些瞬间是洛阳初遇的春天、梁宋采折瑶草、横渡波涛汹涌的黄河、去王屋登台感风、梁园放荡而浪漫的秋天、砀山的满坡红叶、碧波粼粼的泗水河畔……这些片段的共同之处是，全都发生在和一个叫李白的谪仙漫游的时光里。

而此时的杜甫并不知道，这段为自己策马半生画上完美句号的日子，将是他快意人生里最后的高光。后来杜甫困居长安十年，得官复而弃官，历经了"奔行在，出华州，度陇山，客秦州，迁同谷，离成都，下夔峡"等种种流离艰苦。长久的漂泊间，杜甫总会时不时再想起这段弥足珍贵的时光，因为这是他为数不多的安慰。

无论是在长安的书斋，或在秦州（今甘肃天水及陇南东北部地区）的客舍，又或是在成都和夔州（今重庆市奉节县），杜甫都在写思念李白的诗，而且思念的情绪一次比一次迫切，对于李白的诗的认识也逐渐加深。

他在长安时说"白也诗无敌"，在秦州时说李白"笔落惊风雨，诗成泣鬼神"，在成都时说他"敏捷诗千首，飘零酒一杯"。

或许杜甫只是李白一个偶遇的知己好友，但李白在杜甫的漫漫人生中，却是一位惊艳且难以忘却的绝世天才、潇洒谪仙。

梁园酒家二楼。

杜甫微微推开青绿色的直棂窗，目光灼灼地向楼下看去。

店小二送上酒食，不解开口："您已在此张望三日，可在等人？"

杜甫用鼻音发出一声不走心的"嗯"。

"您这是在等……"店小二试探着问。

现在已是初秋，楼下院子里的青钱柳叶子纷纷落下。漫天落叶中，一名身穿白衣、神仪明秀的男子忽然出现，正步履从容地向酒楼走来。

杜甫眼神立刻变得明亮，激动地站起身来对着周围人振臂高呼："偶像！瞧见没？我偶像！"

随后在众人惊讶的目光中，他转身以百米冲刺的速度往楼下跑。由于跑得太急，还被大门口的扫帚绊了一下，踉跄了几步。

那男子见状，连忙上前去扶了杜甫一把："杜兄怎的如此慌忙？"

杜甫看着男子朗目疏眉的脸，五秒钟后，两行泪水飞流直下："呜呜呜……太

与君
游梁宋

白！我还以为你不来了！"

杜甫很开心，因为终于能和偶像一起如约旅游了。但杜甫只开心了两天，因为高适出现了。

梁园，吹台，李白、杜甫和高适的相遇成了文学史上的一件大事。

杜甫也不是不喜欢高适，高适的诗和人都不错，只是杜甫更珍惜和偶像单独相处的机会。幸甚，高适是个体力值爆表的专业户外猛男。

王屋山下，杜甫看着那道远远把他俩甩在后面，沿壁"嗖嗖"向上爬的矫健背影，满意地笑了起来。

"《上清大昌地府经》中详细描述过全国各处的'洞天福地'。这王屋山又名'小有清虚之天'，位列十大洞天之首，来此寻仙问道再好不过了。"李白一边向杜甫解释，一边拨开几缕垂下的枝叶，蜿蜒向上的山路豁然开朗。

仰头看去，碧空湛蓝如洗。风过林梢，偶有飞鸟一点立足枝头。脚下则铺着一层厚厚的银杏落叶，满地金黄。

杜甫深吸了口清冽的空气，感叹道："不愧是太白选的地方，果真非同一般！"

面对杜甫三分钟一个的夸赞，李白没回话，过了半晌，才垂眸低声道："选这儿……其实我是有私心的。"

"嗯？"杜甫不解。

"当年我被赏识，正是因着玉真公主在此处受道时，元丹丘的引荐。"

"可以说，这里是我长安一梦的开始。"

李白的目光迷离起来，似乎陷入了回忆。金碧辉煌的皇宫，璀璨如星的灯火，觥筹交错的宴会。钟鼓馔玉，斗酒十千。想来那时，自己还是能让高力士脱靴的翰林供奉……

李白眉头微蹙，神情似乎有些苦闷。

忽然，一道惊呼声把李白从烦郁中拉了出来，只见杜甫正指着天惊喜道："太白你看！它竟能飞得如此之高！"

李白抬起头，顺着杜甫指的方向眯眼望向天空。原来那是一只苍鹰，正展着双翼、自由肆意地翱翔。

李白回头看向杜甫，却发现他也在看着自己，眼眸中仿有深潭水。

"太白，你不该被关在笼子里的。"

杜甫向来裘马轻狂，这还是李白头一次见他如此认真，连带声音都变得深沉温暖。

李白怔了怔，而后眉头一松，朗然笑起来："谢了，杜兄。"

两人一边聊一边逛，登至阳台宫时已近黄昏。

当年玄宗命司马承祯在王屋山选址建观，司马承祯便选在了此处。北边的天坛山凤首般高耸入云，南边则是九芝岭，形若凤尾，而这阳台宫则正好位于凤背，取意"丹凤朝阳"。

日暮西山，阳台宫沐浴在一片金光里。李白与杜甫站在一株七叶树下极目远眺。山间云雾缭绕，或红或绿的树叶错落相间，浮翠流丹，宛若仙境。

李白眉梢眼角尽是笑意："在此等福地修炼，还愁不成仙吗？走，我们快去看看司马承祯！"

李白大步流星向观内走去，杜甫连忙跟上去："太白与司马承祯可是故交？"

李白难掩激动："忘年交。"

杜甫皱眉："比咱俩还忘年？"

李白掐着手指头算了算："人家比我大六十来岁吧。"

杜甫认输："那个比了。"

"当年我在戴天山隐居时偶然遇到的他，他夸我'有仙风道骨！可与神游八极之表！'后来我还回了《大鹏赋》一作——'以恍惚为巢，以虚无为场。我呼尔游，尔同我翔！'也正是因为这段经历，我进入了仙宗十友。"

李白解释完，一个小道士从面前经过，李白拦住了他："请问司马承祯在何处？"

小道士有些惊讶，然后面露难色："白云道人他……已经仙逝了。"

李白站在司马承祯的画作前，一动不动看了许久，久到小道士都悄悄问杜甫，要不要去安慰一下李白。

杜甫望着李白的背影，却是摇摇头："太白并不悲伤，无须安慰。"

不过一会儿，李白果然转过身长袖一甩，昂扬高声道："拿笔来！"

众人见状纷纷围了过去，只见李白笔走龙蛇、挥洒自如地写下二十个字：山高水长，物象千万，非有老笔，清壮何穷。[1]

其草书字体飘逸豪放，一如他的诗作般豪迈大气。留下这帖书法后，李白与杜甫走出阳台宫。

此时天已大黑，夜空无云，清冷明亮的月光笔直洒下来，晃得李白的白衣盈盈发光。

李白忽然扭头看向杜甫："你怎么知道我不难过？"

杜甫眨了眨眼，一轮圆月恰好落在他眼睛里，他道："能离开这繁乱世间，羽化登仙，何悲之有？"

李白听后负手大笑起来，山风拂起他的衣袍："知我者，子美也。"

随后，李白将身体转向杜甫，认真说道："杜兄不如与我一同去那紫极宫授道箓，日后一起寻仙问道，远离仕途喧嚣？"

面对偶像的邀请，杜甫心中狂喜，正要满口答应，可很快他又想到什么，所以只是张了张嘴，并未说出话来。李白见杜甫的反应，心下了然，因此没再继续问。

1.《上阳台帖》，李白。

两人就这样静静沐浴着月色，吹着山间的十里清风。此行虽然没有见到司马承祯，但也不是全无收获。当然，对李白是意外收获，对杜甫却是"飞来横祸"。

他们在观中小住时，一日在山中闲逛，遇到了一个叫孟大融的人。

李白和他聊得投机，又是回望过去，又是展望未来，话说得越来越多。杜甫在一旁等着，脸也变的越来越黑。

直到最后，李白大笔一挥，直接写了首诗送他。

我昔东海上，崂山餐紫霞。亲见安期公，食枣大如瓜。

中年谒汉主，不惬还归家。朱颜谢春辉，白发见生涯。

所期就金液，飞步登云车。愿随夫子天坛上，闲与仙人扫落花。[1]

杜甫气得直接转身走了。李白还在洋洋洒洒给孟大融签名，见杜甫走了，于是匆匆追上去。

李白追上去问道："杜兄怎么走了？"

杜甫停住脚，撩起袖子伸出一只手，放到李白面前暗示他——一个路人都有赠诗，我却没有。

李白看着那只手琢磨了一会儿是什么意思，然后笑眯眯跟杜甫击了个掌。

"哈哈！"李白发出快乐的笑声。

杜甫愣住无语。

1.《寄王屋山人孟大融》，李白。

离开王屋山后，他们一行三人又去了砀山。

与王屋山的幽静出尘相比，砀山之行就热闹了许多。县令听闻李白至此，早早就在宴喜台设宴款待。

四处张灯结彩，美酒佳肴丰盛，歌女声音婉转。

杜甫、高适不知缘由，看见这架势张大了嘴。明明钱都花得差不多了，只能穷游，这怎么……

李白随手合上两人下巴，司空见惯道："我能刷脸。"

明宰试舟辑，张灯宴华池。

文招梁苑客，歌动郢中儿。

月色望不尽，空天交相宜。

令人欲泛海，只待长风吹。[1]

嬉笑宴乐间，三人且歌且醉，众文人纷纷献出自己的精美文章，为宴会助兴。轻拢慢捻的琵琶声声悠扬，沿着装点了彩灯华船的水面徐徐荡开。远处天地一色，月华明朗。

李白已然微醺，杜甫看着眼前佳境，问向李白："太白已经决意舍下这银钗绿酒、光华凡尘，正式去做道士了吗？"

李白眸中闪烁着彩灯点点。他笑着拿起一杯酒，朝空气碰了一下，而后将佳酿尽入喉中："寻仙与羊酒不冲突，只是不想再做官罢了。"

杜甫看着李白的笑，心下只觉得若他真是想开了也挺好。大

1.《秋夜与刘砀山泛宴喜亭池》，李白。

好河山，壮阔千里，何必浪费年华在那名利场。

李白是一只大鹏鸟，当笑傲天地，当翱翔万里。

笑声与乐声逐渐散去，风吹叶落，掉在湖面上，倒映出的欢畅宴会被波纹模糊，变换成离别之景。

"太白，祝你此行达成所愿。此次一别，万要珍重。"杜甫上前一步，满面担忧地嘱托道。

李白踩住脚蹬，潇洒地翻身上马，挑了挑眉："怎么说得像再也不见似的，不是约好了明年在齐鲁再会？"

"也是……"

杜甫忍了忍鼻尖泛酸的情绪，学着李白的豪爽样子，一抱拳："太白，明年再会！"

听到杜甫如此说后，李白爽朗笑起来，随后高高一扬鞭。

"驾！"马发出一声嘶鸣，蹄下生烟，向北飞驰。

杜甫看着李白离开的方向，向前跑了两步，双手拢在嘴边高喊道："太白！等你啊！"

"不见不散！"

杜甫凝望着，烟尘中，那匹白马已经逐渐跑远。他微微叹了一口气，转身离开。忽然，身后传来一道熟悉的声音，遥远但清晰。

"好！不见不散！"

 ## 梁　宋

地理位置：位于今河南省开封市、商丘市一带。梁，是指汴州，也称作陈留，在今天的开封一带。而宋，是指宋州，也称作睢阳，在如今的河南商丘一带。

梁、宋两地不仅仅在地理上相邻，在历史上也有非常深厚的渊源，是许多文人雅士的文学圣地与灵魂的避难所。

太行王屋山

地理位置：太行山脉横跨了北京、河北、山西、河南四省、市，将黄土高原与华北平原分成两界。

太行山脉的主脉巍峨险峻，被人们称为"千里一块石"。它又向南北绵延八百余里，只有八条主要的道路连接山的两侧，而这八条陉道就是人们所熟知的"太行八陉"。

历史特点：在战火纷飞的时期，太行山是抵挡入侵的第一道防线，同样也是中原攻略北方的关键之处。

而在安稳宁静的岁月里，我们能看到的太行山风景秀丽，是游赏山居的绝佳之地。而太行南连王屋，北接五台，从唐朝开始，就有着浓厚的求佛访道的氛围，无数的诗人也在此留诗，更增加了游赏的乐趣。

李白对太行的咏叹就贯穿了他的大半生，从三十一岁写下《行路难》，到五十七岁经历永王一事，在奔波逃亡中写下《空城雀》。

自"太行多艰"的视角，淋漓尽致地展现了李白在这几十年岁月里的变化。

相聚

梁园难久

≪ 第三章 ≫

"尝从（李）白及高适过汴州，酒酣登吹台，慷慨怀古，人莫测也。"[1]

公元744年，唐玄宗天宝三载的秋天，李白、杜甫还有高适一起游历大梁古城（西汉梁孝王建造的梁园）。就此，一场名垂千古的故事发生了。

此时李白已经43岁，杜甫32岁，高适40岁。

在梁园的这段时间里，三人纵情坦然，白天登高抒怀、骑马射猎，晚上烤肉饮酒、欣赏歌舞，常常酒酣古吹台，吟诗遣怀。

当他们在似醉非醉之间放眼四望，看到信陵君的坟墓已被夷为平地种上庄稼，梁孝王的舞榭歌台早已踪迹全无，枚乘和司马相如也已灰飞烟灭时，不禁感慨万千。而伴随着不远处窗外传来的如梦如幻的琴声，他们又在夜里趁着酒醉乘兴起舞。

千年弹指一挥间，梁园的花开了又谢。他们三人也如同自己诗里的古人，伴着历史的烟尘，随风飘散了。

可当我们再回顾这场伟大的相遇，才发现盛唐时期那些浪漫却失意的酒醉、看似繁华却冷酷的现实，热血却惨烈的边塞，都杂糅进诗中，碰撞成璀璨花火，淋漓绽放在梁园的夜空上，从未消失。

---

1. 出自《新唐书·杜甫传》。

轻云蔽月，流风回雪。

正值冬末，杜甫从床上坐起来，打算去把半掩的窗子关上。几片雪花被吹了进来，杜甫抬眼望去，正好瞧见院中披了一身落雪的树。那簇簇雪花远远看来，像极了一树梨花。

杜甫忽地想起一句诗——李花怒放一树白。

这是他先前和李白见面，李白随口谈起童年作的诗时偶然提到的，他戏谑称自己的名字正是来源于此。

"李白……"杜甫低声喃喃这个名字，然后收回了关窗的手，燃起一支蜡烛，坐到了窗前，静静看着那棵"梨树"。

距离上次梁宋一别，已经过了数月。听说李白已经到了齐州的紫极宫，请了高天师如贵授道箓。这是正式的道教仪式，一直求仙问道的李白，就此也算真正成了道士。

杜甫想象着李白在紫极宫饮露修行的画面，说不准日子无聊时，他还会自己舞

相聚
饮梁园

44

剑一曲。就像……之前在吹台一样。

红烛摇曳，杜甫惬意闭上眼，回忆起那时两人把酒作诗的画面。不过几秒后，他忽地猛睁开眼，眉头一皱道："忘了还有高适那家伙。"

杜甫叹了一口气，而后又仔细想了想，还是选择了闭上眼继续回忆："罢了，他也挺可爱的。"

梁园。

李白正在和杜甫谈论高适的诗，杜甫则在垂死挣扎不想让高适来。

"野人种秋菜，古老井原田。且问世情道，古今哪自然。"李白吟道，而后笑着看杜甫，"你看，这首《淇上别业》写得多好，恬淡闲适，想来他与我们是同道中人。"

杜甫眉毛拧成个大疙瘩："我承认他写得好，可万一他性格古怪，岂不扰了此行兴致？趁他还没来，咱俩先撤吧，事不宜迟……"

"李兄！杜兄！"高适的声音从一侧传来。

杜甫两眼一黑。

"迟了。"

"梁园乃汉梁孝王所建，昔日繁华无比，宫阙雁池，丝竹管乐声不绝于耳，现在倒是已经荒废。"三人一边走，高适一边介绍。

"喏，前面就是吹台。这是大梁胜地，传说……"

杜甫看着李白凝神细听的表情，急忙抢过了话："传说春秋时期，有位双目失明的音乐家师旷曾在此吹奏乐器，留下一曲《阳春白雪》，后来人们便把这座高台命名为古吹台。"

高适听后，对杜甫笑道："杜兄真是博学多识。本还想介绍，倒是我班门弄斧了。"

杜甫"哼"了一声，往李白那边靠了靠："用不着，这故事我和太白都知道。"

三人走到吹台下，还未向上登，便听到一阵清越悠扬的琴音。那乐声先是婉转如流莺，而后很快如泣如诉，幽怨悲怆，如潮水般漫过这秋风扫落叶的梁园，令人哀伤不已。

三人登到吹台之上，并未打扰那奏琴人，只是伴着他的琴音，向广阔天地望去。

许是被秋日的萧条和哀怨琴声所染，李白长叹一声，开口吟诵道：

"登高望四海，天地何漫漫！

霜被群物秋，风飘大荒寒。

荣华东流水，万事皆波澜。

白日掩徂辉，浮云无定端。

梧桐巢燕雀，枳棘栖鸳鸯。

且复归去来，剑歌行路难。"[1]

飞霜满园，风扫万物。昔日的荣华富贵早已随着东流水逝去，太阳终究不会永远停在正午，早晚会日薄西山。

高适听后连连感慨："好一句'梧桐巢燕雀，枳棘栖鸳鸾'，鸳鸾本该栖息于梧桐，燕雀则该筑巢于枳棘，可当今世风却正好相反。君子委于尘，小人居高位！"

李白闻声看向高适："高兄如此愤慨，可是有相同经历？"

高适点点头：

"二十解书剑，西游长安城。

举头望君门，屈指取公卿。

国风冲融迈三五，朝廷欢乐弥寰宇。

白璧皆言赐近臣，布衣不得干明主。"[2]

琴师不知何时离开了，高台上只剩他们三人与随从。渐渐入夜，虽然幽怨的琴音已然不见，可悲怆苍凉的气氛却弥漫在几人中间。

杜甫见状，挥手示意了一下随从。不一会儿，随从拿着几坛好酒回来了。

高适吁了一口气，望向杜甫："杜兄可有什么感叹之作？"

杜甫没回话，回身抱起一坛酒，重重搁在三人中间，豪爽道："都在酒里了！"

1.《古风·登高望四海》，李白。
2.《别韦参军》，高适。

李白看见美酒，神色大喜，眉间阴霾一扫而光："高台美酒，友人在旁，说什么仕途失意？来、来、来，饮酒！"

李白挽起衣袖，倒了满满一碗酒，仰头而尽。

高适正要说什么，杜甫已经替他倒了一碗酒，以碰杯打断了他的话："别说了，喝！"

月色正明。酒过三巡，杜甫尚还清醒，李白和高适已是有些醉意。

李白眯起眼睛看向杜甫："我俩都吟了诗，就差你了。"

杜甫看着李白醉得有些迷离的眼睛，饮了一口碗中的酒，站起身来："我方才的确有首诗，不过尚未写完，还是太白给我的灵感。我还需再斟酌一二，日后再续写吧。"

一向沉稳的高适许是喝多了酒，听后大笑起来："杜兄真是仰慕李兄，无时无刻不在表达倾慕之情。"

杜甫斜了一眼高适："有问题吗？"

高适摆摆手："太白才华横溢，谁人不仰慕？只是我与李兄皆为仕途所困，杜兄游山玩水，倒显得分外洒脱了。"

杜甫想了想，并没有解释，转头向李白看去。

只见李白不知何时走到了那开阔处，乘着月色舞起剑来。许是有些醉了，他脚步不太稳，却显得更加飘逸。手腕翻飞间，剑如银蛇，寒光闪闪，好似仙人摘星起舞。

高适伸手碰了碰杜甫胳膊，压低了声音："杜兄，饮酒前你为何打断了我说话？"

杜甫："太白被赐金放还本就苦闷，出来游山玩水是为了舒缓心情，你提那些干吗？"

高适"噢"了一声，满脸写着"原来如此"，杜甫用埋怨的眼神看了看高适："大直男。"

后来三人又喝了几坛酒，终是全员醉倒，醉态也各有千秋。

"常怀感激心，愿效纵横谟。倚剑欲谁语，关河空郁纡。"[1]高适的酒洒了满襟，他眼眶通红，高声吟诵着自己在边塞作的诗，拿着酒碗的手微微发抖，"为何不让我上战场！我不过是想杀敌卫国，为何要屡屡拦我！"

李白则是墨发散乱，仰天长笑，看向天上那一轮明月，在浪漫地和月中人对酒当歌：

"今人不见古时月，今月曾经照古人。

古人今人若流水，共看明月皆如此。

唯愿当歌对酒时，月光长照金樽里。"[2]

杜甫歪斜在桌旁，与他们附和吟诵，眼前已经模糊不清。梁园一片寂静，唯能听见吹台之上，三人或低语或高呼，还有信手拈来的诗句。这些诗句宛如天上之语，从这高台上层层荡开，在这夜深人静的月下，以惊天地泣鬼神的浩荡诗风，扫过梁宋、长

1.《塞上》，高适。
2.《把酒问月·故人贾淳令予问之》，李白。

安、泱泱河山，乃至整个盛唐。在人们看不见的时空里声震屋宇，响彻古今。

第二天一早，三人醒来时你的胳膊搭着我的腿，在地上睡得歪歪扭扭。三人面面相觑，随后在众游客诧异的目光中爽朗大笑，站起身拍拍身上的灰。

"太白，这可是你昨夜醉酒所作？"杜甫指了指不远处的墙壁，闪着星星眼问道。只见上面是一首长诗，字迹龙飞凤舞。

我浮黄河去京阙，挂席欲进波连山。

天长水阔厌远涉，访古始及平台间。

平台为客忧思多，对酒遂作梁园歌。

……

歌且谣，意方远。

东山高卧时起来，欲济苍生未应晚。[1]

"应该是……"李白看了看指尖上的墨水，毫无印象，木然地点点头。

"这么好的作品，不能带走真是可惜。"高适惋惜道。

李白却是无所谓地摆摆手。

"乘兴而写，何须长留？"说罢潇洒转身。

杜甫几乎被李白的帅气击倒，随后一溜烟儿追过去："偶像！偶像，你太酷了！"

1.《梁园吟》，李白。

三人离开后，一衣着华贵的女子走过来，看着墙上的《梁园吟》，用千金买下了这面墙壁。

三个人一路走走停停，到了单父。

在单父尉陶沔的招待下，他们前往孟潴泽游猎。那是一片"周迴五十里"的大泽，三人策马扬鞭，挽雕弓，张满弦。

骏发跨名驹，雕弓控鸣弦。鹰豪鲁草白，狐兔多肥鲜。[1]

秋日的夕阳是金黄色的，给他们张扬洒脱的身影镀上一层暖意。阳光里，高适一如往常低调，武将世家出身的他，随意把猎物们扔进篓里，李白则是高高举起打到的猎物，恣意高呼，炫耀地驾马飞奔，杜甫的狩猎技术不佳，只是笑着看向张扬似孩童般的李白。随后，他们又去了半月台吟诗作赋。

陶公有逸兴，不与常人俱。

筑台像半月，迥向高城隅。

置酒望白云，商飙起寒梧。

秋山入远海，桑柘罗平芜。

水色渌且明，令人思镜湖。

终当过江去，爱此暂踟蹰。[2]

天高云淡，万物明朗。李白心情极好，乘兴吟诵。诗意超脱又随性，一句便是一景，众人听来只觉神清气爽，畅快淋漓。

1.《秋猎孟诸夜归，置酒单父东楼观妓》，李白。

2.《登单父陶少府半月台》，李白。

高适有感而发，一连作了三首组诗。

宓子昔为政，鸣琴登此台。琴和人亦闲，千载称其才。

临眺忽凄怆，人琴安在哉。悠悠此天壤，唯有颂声来。[1]

与李白不同的是，高适的诗并不在写景，而是以宓公琴台为线，把春秋时的宓子贱与现如今治理此地的李少康串联起来，描述两人纵使相距千年，但都在以德从政、关爱百姓。

杜甫听后看了看高适："高兄在淇水畔安居多年，我还以为你早已超脱世外，原来依旧壮志未改。"

高适无奈苦笑了一下："我乃虎将之后，理应与刀剑做伴，岂可闲散一生？"

杜甫听后微微抬眼，转身眺望远方。

半晌后，高适忽地想起来什么，开口问道："如此景色，杜兄为何不赋诗一首，将所观所感记录下来？"

杜甫看着高适，眨了眨眼："已经记下来了。"

高适不解。他看看杜甫四周，并未发现纸笔。

杜甫笑着伸出手，用食指点点自己的头："在这儿。"

面前红烛已经燃尽了大半，窗外雪也停了，杜甫睁开眼，活动了一下脖颈。他站起身，面带笑意地回到榻上，沉沉入睡。

风雪初霁，江潮翻涌。冬天终于要过去了。

1.《宓公琴台诗三首·其一》，高适。

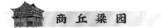 商 丘 梁 园

地理位置： 梁园始建于西汉，位于今天的河南省商丘市，是梁孝王营造的规模宏大的皇家园林。

历史特点： 据史料记载，梁园留下了不计其数的名人的名曲、名篇、名诗、名词。古吹台，更是在历史长河中留下了浓重的文化印迹。

历代许多文学界、艺术界、音乐界、思想界的大家都常在此处办雅集，进行跨界交流。

唐代诗人在作品中歌咏梁园宴集较多。诗人们常用梁王借指唐代诸王，反映了唐代诗人心中对梁园兴盛的普遍认识。

诗人多将笔墨集中于唐时梁园古迹的衰败，彰显对现实的惋惜，伤怀梁园昔日的繁华，因此，在唐诗中梁园的盛与衰意向相互交融。

其中，李白留诗 13 首，杜甫留诗 6 首，高适留诗 8 首。

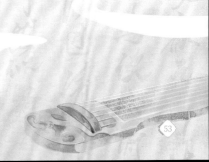

梁园吟

〔唐〕李白

我浮黄河去京阙，挂席欲进波连山。

天长水阔厌远涉，访古始及平台间。

平台为客忧思多，对酒遂作梁园歌。

却忆蓬池阮公咏，因吟渌水扬洪波。

洪波浩荡迷旧国，路远西归安可得！

人生达命岂暇愁，且饮美酒登高楼。

平头奴子摇大扇，五月不热疑清秋。

玉盘杨梅为君设，吴盐如花皎白雪。

持盐把酒但饮之，莫学夷齐事高洁。

昔人豪贵信陵君，今人耕种信陵坟。

荒城虚照碧山月，古木尽入苍梧云。

梁王宫阙今安在？枚马先归不相待。

舞影歌声散绿池，空馀汴水东流海。

沉吟此事泪满衣，黄金买醉未能归。

连呼五白行六博，分曹赌酒酣驰晖。

歌且谣，意方远，东山高卧时起来，欲济苍生未应晚。

太白：

睽违日久，拳念殊殷。

一冕相别十五载，不知你近来如何？近日听闻大赦的消息，我欣喜若狂。几欲提笔，又不知如何开口。如今我在蜀中，记得早年你说少时在匡山读书，度过了一段自由闲适的时光。蜀中也确实如你所说，风景秀丽，安然舒适。

这纷乱之后，回归蜀中也算是落叶归根，或许能得一份心安与安宁吧。若你愿归来，我始终都在蜀中等你。

如今愈发想念你的诗，想念我们共游的那段时光，期待与你能早日共饮西窗，大醉一场！

顺颂时祺，秋绥冬禧。

子美 于上元二年

这首诗是李白在梁园游览，醉酒后在一寺庙墙壁上泼墨之作。李白经历了唐玄宗降步辇迎，想着能在长安一展宏图，可"赐金放还"的事实让他从黄粱一梦中清醒过来。这种从希望到失望的心理历程，让李白难过不已，欲诉千言。于是在梁园景色与美酒的共同作用下，《梁园吟》一挥而就。而这首留在梁园墙上的作品也被前朝宰相宗楚客的孙女宗煜，用千金买了下来。

从首句开始，满满都是李白沉闷苦抑的心情。他不得已离开了长安，扬帆沿黄河溯流而下。大河上下，波浪滔天，堪比连绵的山脉。就在这样路遥水长的艰苦环境里，他历尽辛难才到了古梁园的遗迹，宋州平台。虽然此行是来旅游的，但眼前的景色依旧让他愁绪蹁跹。于是他对酒当歌，挥笔写下这首诗。李白又感阮籍的"徘徊蓬池上"的诗，所以吟咏起"渌水扬洪波"。想来长安与这梁园远隔万水千山，若想再回到京城，应该是不太可能了。整个第一部分没有一字直接描写李白的悲苦，而是融情于景，通过描绘此行的艰难曲折，暗示自己的仕途也一如这坎坷路和万里河，过去跌宕，前路渺茫。

从"人生达命岂暇愁"到"分曹赌酒酣驰晖"为第二部分，李白的笔风逐渐激昂奔放。他说人各有命，所以不要自寻烦恼。登高楼、赏风景、饮美酒，身旁有平头奴子摇着扇子。明明是正炎热的五月，却丝毫觉不出热，凉爽得如同清秋一般。不仅如此，还有侍女端上玉盘，其中盛满杨梅，还有皎白胜雪的吴盐。有什么可不开心的？这些可都是为君所设。沾盐饮酒，痛饮狂歌即可，可别学周朝品行高洁的伯夷和叔齐，不食周粟，白白洁身自好。从前，有个爱好荣华富贵的信陵君，死去后又如何了？他的墓荒芜不见，被人用来耕种了。唯有月光照在颓败的梁园，还有几株参天的古木，挂在流云之上。当时豪奢一时的宫阙还在吗？枚乘和司马相如去哪儿了？当年的舞影歌声又去哪了？都随时间消失了，融在眼前这一池碧水中。现在能看见的，唯有一条日夜东流到海的汴水（隋炀帝时开凿的通济渠，唐宋时期被人称为"汴水"）。吟诵到这里，李白不禁泪洒衣衫。既然不能回去长安，那他只好用皇上赐的黄金喝酒。或呼白喊黑掷千金，或分曹赌酒，消磨时光。

第二部分李白的情感旋转升腾，用藐视一切的态度否定和抹杀了以往的追求。从这里起，李白用接连的举例论证一切都会消散。既然最后都是消亡，那又何必追求？李白反复说服着旁人与自己，出世就出世吧，快意一生也很好。可他越是否认，便越是在掩盖。融斋先生刘熙载曾说过："太白诗言侠、言仙、言女、言酒，特借用乐府形体耳，读者或认作真身，岂非皮相。"

也正是因此，李白在结尾把这首诗引到了第三部分——我且歌且谣，不过是暂为隐士，我的目光依旧投向遥远的未来。就像当年谢安东山高卧，时机一到，我再兼济天下苍生，依旧为时不晚！

古大梁行

〔唐〕高适

古城莽苍饶荆榛，驱马荒城愁杀人，

魏王宫观尽禾黍，信陵宾客随灰尘。

忆昨雄都旧朝市，轩车照耀歌钟起，

军容带甲三十万，国步连营一千里。

全盛须臾哪可论，高台曲池无复存，

遗墟但见狐狸迹，古地空余草木根。

暮天摇落伤怀抱，抚剑悲歌对秋草，

侠客犹传朱亥名，行人尚识夷门道。

白璧黄金万户侯，宝刀骏马填山丘，

年代凄凉不可问，往来唯见水东流。

诗 文 鉴 赏

　　高适和李杜来到梁园后，看到彼时兴盛的魏国国都如此衰败，不禁愁思满怀，既有兴亡之叹，又有对自己身世的哀伤。高适乃左武卫大将军高侃之孙，可后来家道中落，虽然他自幼有着满腔热血，现实却是屡屡碰壁、报国无门。

　　高适张目望去，这座古城荆棘杂草丛生，气象苍茫。他骑马走过古城，目睹着这样荒芜萧条的景象，不由感慨万千。那魏王宫殿和庙观内已经生满了禾黍，信陵君和他的座上宾客们都化作灰尘烟消云散。遥想当年，在这座雄伟都城的朝市上，华贵的车骑熠熠生辉，应和着悠扬起伏的乐声。三十万铁甲勇士气概雄浑，在魏国土地上营寨连绵近千里。可这辉煌的全盛时刻，不过是历史长河里的沧海一粟，亭台楼阁、高台曲池都已经不复存在。残垣断壁的遗迹上，唯有狐狸跑过的痕迹，古旧的土地上也只见裸露的草木树根。暮色渐起，高适目睹那萧萧落木，不由手抚长剑，唱起悲歌。侠客朱亥的名号还在广为流传，行人也还能认出经过夷门的道路。那坐拥富贵荣华，身佩白玉，腰缠黄金，被封赏万户的侯爵显贵和持宝刀、骑骏马的将军们，都埋在了山丘里。那些年的悲凉凄哀之事已经无人知晓了，往来的游客行人们看见的，也仅有那汴水，还在汩汩东流。

高适这首《古大梁行》四句一转韵，全篇今昔对比，但又一脉贯通。明朝的周珽评价此诗："游心千古，似佃似渔，精华所萃，结为奇调，凭吊诗之绝唱者。"而除了凭吊怀古，高适一并哀伤愁思的，还有自己如流水逝去的年华。

迟迟不被重用，自己手中的剑何时才有用武之地呢？

相别

齐鲁之游

◇ 第四章 ◇

天宝四载（公元前745年）的秋初，杜甫游鲁郡（今山东省兖州市），不久后李白自任城（今山东省济宁市）匆匆来会。这是他们的第三次相见，因为杜甫将去谋求仕进，两人都很珍惜这次同游的机会。

　　杜甫在《与李十二白同寻范十隐居》一诗中详细地描绘了这次会面。在齐鲁的十多天中，他们一起登高怀古、饮酒赋诗、互相酬唱、求道访隐。其中"醉眠秋共被，携手日同行"一句描述了他们同游的日子：两人晚上喝醉了酒，同盖一床被子睡觉，白天出游时手拉着手前行，足以见得二人的关系愈发亲密。

　　欢乐的时光总是很短暂。秋末，两人再次分开。李白计划取道扬州（今江苏省扬州市），再游越中（今浙江省绍兴市及杭州市萧山区等地）求仙访道，而杜甫则将取道洛阳，西入长安。

　　临别之时，杜甫写了《赠李白》一诗送给李白："秋来相顾尚飘蓬，未就丹砂愧葛洪。痛饮狂歌空度日，飞扬跋扈为谁雄。"

　　李白也写了《鲁郡东石门送杜二甫》一诗赠与杜甫："醉别复几日，登临遍池台。何时石门路，重有金樽开。秋波落泗水，海色明徂徕。飞蓬各自远，且尽手中杯。"

　　这两首写给对方的赠诗豪迈潇洒，却悲剧地见证了李、杜人生的最后一别。

　　或许当时他们谁也没有想到，这次"再见"成了千古永诀。自此以后，两人再未能相见。

相别
游齐鲁

宴会上觥筹交错。

此次是由李之芳安排，李邕作东，在历下亭举行的欢宴[1]，所至宾客皆是身在济南的名士。

杜甫在席间频频起身寻找，可并未发现李白的身影。明明前不久，济南坊间刚传出李白作的诗⋯⋯

初谓鹊山近，宁知湖水遥。

此行殊访戴，自可缓归桡。[2]

本想着李白定会前来，自己还能偶遇他⋯⋯

杜甫有些郁闷地坐回座位上，赌气地把杯中酒一饮而尽。罢了，还是好好等约定之期吧。

鲁郡。

杜甫在街边摊贩那里选看诗集，远远便瞧见一抹骑着白马、朗朗如日月的身影。

"太白！"

1.《陪李北海宴历下亭》："东藩驻皂盖，北渚凌清河。"
2.《陪从祖济南太守泛鹊山湖三首·其一》，李白。

杜甫扯着嗓子喊了一声，顾不上放下手中的诗集激动地奔了过去，徒留身后摊主跺脚高呼："喂！你没给钱呢！"

李白从马上翻身下来，杜甫紧张地前前后后张望了一番，甚至掀开李白放行李的箩筐盖子往里瞅了瞅，而后才松了一口气。

李白："找什么呢？"

杜甫："找高适。"

李白：……

终于有了和偶像独处的机会，当晚临睡前，杜甫甚至掐了自己胳膊一下，以防是在做梦。

"杜兄，开门。"李白的声音从门外传来。

杜甫又掐了自己一下。他打开门，只见李白拎着一壶酒，还有一只烤鸡，笑盈盈地站在那儿。

"太白，你这是……"

李白不见外地走进屋，坐到了桌子前，自然道："找你喝酒啊，晚上又没什么事。对了，我把我那间客房退了，咱俩可以住一间，省钱。"

杜甫只觉眼前发白，也许这就是被幸福砸晕的感觉，可以近距离感受偶像的魅力。

两人在附近没日没夜地游玩了几天，李白决定带着杜甫去寻找自己的旧友，一位叫范十的居士，去他那儿隐居一段时间。

杜甫：哈哈！太白带我去玩了！

两人策马而行，一路上景致怡人，秋风送爽。日静无云，大雁南飞。开始还一切正常，没想到后来景色越来越荒芜，两人也越走越偏，最终行到一座蛮荒秃岭前，李白跳下马，一动不动地做思考人生状。

杜甫疑惑："到了？"

李白冷冷地说："迷路了。"

然而杜甫毫不在意这个，毕竟不管去哪儿，有偶像在的地方就是天堂。李白在一片苍耳地里蹚了小半天，还真柳暗花明，找着范十家了。

范十热情地出门相迎，看见他们的打扮直接愣住了。

二人这时才回过劲儿看去——李白一向飘逸的白衣上挂的全是苍耳，杜甫头上插着几根稻草，两人灰头土脸，和旷世文豪一点边儿不沾。两人眨了眨眼，然后同时大笑出声。

吃过饭，李白去院中散步，杜甫也一同跟了出去。范居士的居所不大，可装点得极有生活气息。

院北条条缕缕挂着酸枣，东边的竹篱爬满了寒瓜，一看就是用心打理过的。院外还有一棵梨树，上面金黄的梨子可爱喜人。

李白心情极好，高声吟诵道："饥不从猛虎食，暮不从野雀栖。野雀安无巢，游子为谁骄？"[1]

杜甫细细听来，而后开口："骄，自重自爱也，太白便是那

1.《猛虎行》，汉代乐府诗，属《相和歌辞·平调曲》。

不从猛虎与野雀的游子？"

李白伸手接住一片落叶，回头看杜甫："游子虽自由，也会偶有漂泊之感。"

李白语气讳莫如深，说的似乎并不是游子之事。

杜甫坐到一旁的石椅上，垂首想了片刻，而后看向李白认真道："在我心中，太白是大鹏，是谪仙，当遨游天地，快意自由。可若胸中仍有追逐，随心而行也不失为另一种自由。"

"随心而行……"李白默念一遍，笑了起来。

深秋晚霞满天，把整座古城笼罩在一片醉人的粉紫色中。空气中满是瓜果成熟的香气，不知哪里传来阵阵杵声，一切都祥和而安宁。

"罢了，不提这些。"李白不再说话，坐到杜甫身侧。两人并肩坐着，在这秋意盎然的院子中，时间仿佛于此刻静止。

傍晚。

范十准备了一桌佳酒饭菜，虽说菜色并不华美，但满有农家的质朴清爽之气。三人推杯换盏，高谈阔论。

"多谢范居士款待。"杜甫与李白举酒道谢。

范十大笑一声："何必客气，不过两位大诗人到访，不若作诗一首，也好让寒舍蓬荜生辉？"

杜甫饮尽杯中酒，而后站起身来张口便诵，这首诗仿佛早就

在他脑海中一样:

> 李侯有佳句，往往似阴铿。
>
> 余亦东蒙客，怜君如弟兄。
>
> 醉眠秋共被，携手日同行。
>
> 更想幽期处，还寻北郭生。
>
> 入门高兴发，侍立小童清。
>
> 落景闻寒杵，屯云对古城。
>
> 向来吟橘颂，谁与讨莼羹？
>
> 不愿论簪笏，悠悠沧海情。[1]

范十眯眼细品，杜甫吟毕，范十也睁开眼来："好一句'醉眠秋共被，携手日同行'，夜同寝，日同游，杜兄看似在与游记，可全诗无一处不是李兄。二位友谊深厚，真是叫我羡慕。"

说罢，范十举杯向杜甫敬了一杯酒，以示感谢。

李白已有些许醉态，面色颇红，修长的手指把玩着酒杯，沉吟片刻，开口道:

> 雁度秋色远，日静无云时。
>
> 客心不自得，浩漫将何之？
>
> 忽忆范野人，闲园养幽姿。
>
> ……
>
> 还倾四五酌，自咏猛虎词。

1.《与李十二白同寻范十隐居》，杜甫。

近作十日欢，远为千载期。

风流自簸荡，谑浪偏相宜。

酣来上马去，却笑高阳池。"[1]

"哎呀，李兄这首诗真是生动有趣！只需读来，我们把酒言欢的画面便已经跃然纸上。"范十连连感叹。

杜甫倒是没评价，只在一旁喝闷酒。

范十贴心询问："杜兄因何事烦闷？"

杜甫扔掉杯子，直接拿壶痛饮起来。

"整首诗加题目一百六十一字……"杜甫嚎了一嗓子，"一点儿没提我！"

从范十那里离开后，两人又去了泗水游玩数日。

泗水秋波荡漾，碧流涟漪。河面红亭白鸥，河底沙砾浅金，其间鱼翻藻鉴。靠近岸边处影湛波平，水清澈无比，映出对峙如门的石峡。

这里是此行的终点。

面对离别，两人在坝西的酒肆饮了一杯又一杯。

"小二，再拿酒来！"李白大手一挥，将剩余的钱全部拍在桌上。

窗外天色渐晚，月如镜新磨，客皆散去。店小二在一旁打盹儿，

1.《寻鲁城北范居士失道落苍耳中见范置酒摘苍耳作》，李白。

窗边仅剩酒气熏熏的李白杜甫。

李白举杯望月，不知在想些什么。

杜甫看着李白的侧脸，而后伸出手指在杯中沾了沾，以酒代墨，在桌上写下一首诗。

李白余光瞥见杜甫动作，转过头来，看向桌面。

秋来相顾尚飘蓬，未就丹砂愧葛洪。

痛饮狂歌空度日，飞扬跋扈为谁雄。[1]

"太白，不论你这'游子'是否继续痛饮狂歌，我都支持你。"杜甫望着李白。

李白笑了笑，低下头继续饮酒。杜甫彻底醉倒前，隐约瞧见李白从行囊里拿出些东西，而后便没有意识地伏在桌上了。

第二天，杜甫醒来后，眼前未见李白的身影。他有些慌，举目高喊道："太白！"

店小二过来收拾东西，把一张叠得整齐的纸递给杜甫："太白给你的，他说在石桥上等你。"

杜甫没时间看纸上内容，听后立刻向门外狂奔去。石桥上，李白一身青黑色，玉冠束发，正看着湛蓝平静的泗水，旁边是来接他的仆从。

"太白！"石桥青砖残旧，杜甫踉跄地跑过来。

"还以为你不告而别了！"杜甫气喘吁吁。

1.《赠李白》，杜甫。

李白笑道："怎么可能？"

杜甫向李白更近了一步，眼里似有千言万语，但此时却一个字都说不出。

李白拍了拍杜甫的肩，安慰道："天下无不散之筵席，别这么伤感。说不准何时我们便又相见了。"

杜甫嘴唇动了动："来日方长？"

李白粲然一笑："来日方长。"

"快回去收拾行李吧，我们也要上路了。"李白朝客栈方向示意了一下。

杜甫正要离开时，李白忽然又叫住了他："对了，给你的东西看了吗？"

杜甫这时才想起来手上还握着那张纸，有一块已经被手心的汗打湿。杜甫展开纸，只见上面是一首诗。

醉别复几日，登临遍池台。

何时石门路，重有金樽开？

秋波落泗水，海色明徂徕。

飞蓬各自远，且尽手中杯。[1]

杜甫眉毛高高扬起，不可置信地揉揉了眼："这……这诗是送我的？"

"太白！你终于赠我诗了！"杜甫喜笑颜开，不顾形象地高

1.《鲁郡东石门送杜二甫》。

呼道，而后又举起双臂蹦了几圈，看向李白，"谢谢太白！"

杜甫挥舞着信纸大笑着跑远了。

仆从一边整理行囊，一边碎碎念："这杜公子真是个乐天派，您离开长安这两年，有他当您的旅伴，也算不错。不知道他接下来又要去哪儿玩……"

李白凝神看着杜甫的背影，轻声道："长安，入仕。"

仆从瞪圆了眼睛，大为惊讶："入仕？不是都说杜公子多年来醉心游山玩水，落榜也并未令他难过半分，他怎么会想入仕，是和您说过吗？"

李白笑了笑："有些事不必说出来，也能知道。"

一年前，梁园吹台。

天边已是微亮，杜甫不胜酒力，酣然入梦，只剩李白和高适还在有一搭没一搭说着话。

李白眺望远方，淡淡开口："同样的景色，每个人看到的却截然不同。"

高适顺着李白看的方向望去："比如？"

李白微微眯起眼睛："这吹台之上，我看到的是朗月江山，你看到的是风沙边塞。"

高适看了眼杜甫："那杜兄呢，九州美景？"

李白眸中映出了王屋山那个月夜，摇了摇头。

"不，恰恰相反。"

"他看到的是草木人间。"

仆从没听懂，挠了挠头"咯咯"地笑起来："不过是一年前认识的旅伴，说得像您多了解他一样。公子，我们快走吧，好像要起风了。"

"好。"

李白最后看了眼杜甫身影消失的方向，低声说了句什么。可惜一阵秋风吹来，把这句话送远了。

秋风浩浩荡荡，吹过兖州的洸洸泗水、单县辽阔的孟潴泽、砀山热闹的宴喜亭……

这句话慢悠悠地落下，最终停在了两人初见的洛阳。

杜甫欢快大喊："太白，你是我偶像！"

李白声音温柔："杜甫，你是我知己。"

分 别 余 音

与李十二白同寻范十隐居

〔唐〕杜甫

李侯有佳句，往往似阴铿。

余亦东蒙客，怜君如弟兄。

醉眠秋共被，携手日同行。

更想幽期处，还寻北郭生。

入门高兴发，侍立小童清。

落景闻寒杵，屯云对古城。

向来吟橘颂，谁与讨莼羹？

不愿论簪笏，悠悠沧海情。

诗 文 鉴 赏

　　杜甫和李白同访鲁郡城北的范十居士，古城的慢节奏与悠闲的氛围，让杜甫度过了一段同李白一起的美好时光。于是他回顾两人相聚的这些日子，写下此诗。

　　杜甫向来是不吝啬对于李白的夸奖的，他形容李白那些美妙的诗篇文章，就像南朝诗人阴铿所写的那么好。因为李白已经正式成为道士，杜甫又自觉是鲁郡的隐士，所以他喜爱李白的程度就像喜爱自家弟兄一样。

忆起初见面那几日，他们夜间喝得酩酊大醉，秋日微冷，两人便盖着同一床被子蒙头大睡，白天又亲密无间地把臂携手游玩。他想起早先，李白曾和自己说要一起寻访城北的范居士，于是他们来到这里。

杜甫进门后，只觉这隐居之所让他产生高雅的兴致，就连一旁的小童仆都十分清雅。他和李白坐在一起，直到夕阳西沉，寒杵声起。晚云渐渐笼罩了这座古城，可即便如此，他还是不想和李白分开。

就像《橘颂》所咏的"苏世独立，横而不流"者，谁会贪恋莼羹鲈脍般的名肴呢？面对这样的美景，他们二人不想讨论仕途俗事，只想寄情江海，共享纯真友谊。

分　别　余　音

赠李白

〔唐〕杜甫

秋来相顾尚飘蓬，未就丹砂愧葛洪。

痛饮狂歌空度日，飞扬跋扈为谁雄。

诗　文　鉴　赏

这首诗写在杜甫与李白分别之际。两人快意歌酒的日子即将结束，李白继续游览大好河山，杜甫也将入长安，因此感慨颇多。

"我们在秋日相见，你如蓬草一般飘浮不定，去求仙炼丹也没有成功，真是愧对东晋道士葛洪。每天痛饮美酒潇洒狂歌去虚度光阴。太白你这样豪迈之人，如此逞雄飞扬又是为了什么？"

李白被赐金放还后，便开始四处游山玩水，虽很自由，但杜甫深知李白因为仕途不顺，志向毫无着落，心情是苦郁的。

而没有归属给人的感受便是像蓬草一样飘浮不定。后写李白喜爱道教，但目前无成，表面上在规劝李白要潜心求仙，实际上是希望他不要因现在的处境悲伤。最后一句则是借描写李白的痛饮狂歌，暗示他不为人赏识，带出下一句惋惜李白"英雄无用武之地"。而"飞扬跋扈"四字，也完美概括了李白的侠气性格。

饮中八仙歌

〔唐〕杜甫

知章骑马似乘船，眼花落井水底眠。

汝阳三斗始朝天，道逢麹车口流涎，恨不移封向酒泉。

左相日兴费万钱，饮如长鲸吸百川，衔杯乐圣称避贤。

宗之潇洒美少年，举觞白眼望青天，皎如玉树临风前。

苏晋长斋绣佛前，醉中往往爱逃禅。

李白斗酒诗百篇，长安市上酒家眠，

天子呼来不上船，自称臣是酒中仙。

张旭三杯草圣传，脱帽露顶王公前，挥毫落纸如云烟。

焦遂五斗方卓然，高谈雄辩惊四筵。

诗 文 鉴 赏

这首诗大约是天宝五载（公元746年）杜甫刚刚到长安时所作。

因为李白与贺知章、李适之、李琎、崔宗之、苏晋、张旭还有焦遂八人都爱喝酒吟诗，所以他们被称为"酒中八仙人"。

这八个在长安生活过的人，在嗜酒、豪放、旷达这些方面都非常相似。杜甫此诗是为这八人写"肖像"，但重点也还是李白，足见他对李白的偏爱。

小科普·酒中八仙

李白，字太白，兴圣皇帝九世孙。其先隋末以罪徙西域，神龙初，遁还，客巴西……然喜纵横术，击剑，为任侠，轻财重施……白自知不为亲近所容，益鹜放不自脩，与知章、李适之、汝阳王李琎、崔宗之、苏晋、张旭、焦遂为"酒八仙人"。[1]

一仙： 大文豪贺知章，他骑马醉归，摇摇晃晃，仿佛在乘船，眼睛昏花，坠入井中，就能在井底睡着。

二仙： 汝阳王李琎，朝见皇帝之前，必须要饮酒三斗。路上碰到装载酒曲的车子，会口水直流，特别遗憾皇帝没有把自己封在酒泉郡，因为听闻那里水味如酒。

三仙： 左相李适之，每天为自己的兴趣愿意花费万钱，他的酒量惊人，如同长鲸吞吸百川之水，又自称自己衔杯独酌是为了方便日后让贤。

四仙： 崔宗之，相貌俊美，举杯饮酒时，常常傲视天空，身姿恰如玉树临风。

五仙： 苏晋，在佛祖像前持卷参禅，但饮起酒来常把佛门戒律忘得干干净净。

六仙： 李白，只饮酒一斗，就能赋诗百篇，常常因烂醉如泥，宿醉于长安城的酒肆之中；天子在宫中召他前往，他因酒醉而不肯应召，自称自己是酒中之仙。

1.《新唐书·李白传》，欧阳修等撰。

七仙： 书法名家张旭，饮酒三杯，即能挥毫作书，当时人称"草圣"。兴致高昂的时候，他常常会在王公众人面前脱帽露顶，挥笔疾书，有如神助，他的书法如云烟之泻于纸张。

八仙： 长安城中的辩论家焦遂，他必须要喝五杯酒后才能振奋精神，喝到尽兴的时候，常常高谈阔论，口若悬河，语惊四座。

在这八仙中，前三人贺知章、汝阳王李琎、左相李适之，是当时的朝廷显贵人物；而崔宗之、苏晋是潇洒名士；依身份，李白应排在第六，但按杜甫心中的重要程度，李白排第一。大书法家张旭紧随李白出场，排第七；而焦遂，因布衣其平民的身份位列末位。

分 别 余 音

鲁郡东石门送杜二甫

〔唐〕李白

醉别复几日，登临遍池台。

何时石门路，重有金樽开。

秋波落泗水，海色明徂徕。

飞蓬各自远，且尽手中杯。

诗 文 鉴 赏

这首诗是李白对杜甫《赠李白》的回应。大意为离别在即，在最后一场痛饮前，我们登遍了附近的池苑楼台。在石门山前的路上，我们什么时候能再次在那里设酒畅饮？在这秋日里，泗水漾起波纹，苍绿的水色照亮了徂徕山，令它熠熠生辉。我们既然将像飞蓬一样各自飘远，那就畅快地喝尽杯中美酒吧！

其中"飞蓬"二字，是对应杜甫《赠李白》中的"飘蓬"。比起李白，杜甫更加漂泊无定，李白以一贯的洒脱赠诗安慰他——既然如飞蓬，那我们索性醉别痛饮。更可见二人友情深厚。

分别余音

沙丘城下寄杜甫

〔唐〕李白

我来竟何事，高卧沙丘城。

城边有古树，日夕连秋声。

鲁酒不可醉，齐歌空复情。

思君若汶水，浩荡寄南征。

诗文鉴赏

这首诗作于两人分别月余后的秋天。李白在鲁郡东石门送别杜甫后，打算去南游江东（今江浙沪皖闽之长江以南地区），中途一度旅居沙丘城。回想两人一同游玩十余天，快意无比。

友人突然离去，徒留自己漫游，于是李白十分怀念杜甫，写下此诗寄赠。

“我来到沙丘城无事可做，终日闲居，高枕安卧在这儿。城边有一棵古树，日日夜夜地发出‘沙沙’秋声。鲁地酒薄，令我难以酣醉，就连歌声也难以让我沉迷。我思念你的心情如同这一川浩荡汶水，滔滔向南流去。

戏赠杜甫

〔唐〕李白

饭颗山头逢杜甫，顶戴笠子日卓午。

借问别来太瘦生，总为从前作诗苦。

诗 文 鉴 赏

这首诗是李白描绘与杜甫重逢画面的一首赠诗。究竟是否为李白作品，学术界尚存争议。

写作时间一说为天宝三载，李白和杜甫路经饭坡（位于今河南省嵩县陆浑水库西南）时所作，一说写于天宝五载。全诗语气诙谐幽默，满是友人间开玩笑戏谑的欢快之感。

全诗大意为：至今犹记在饭颗山（相传是唐代长安附近的一座山）上碰到你，因为正是烈日当空的正午，你头上戴着竹笠。我问你，为何分别后你变得如此消瘦？怕是之前写诗写得太辛苦了吧。

深城

一度思卿一怆然

◇ 第五章 ◇

至德元载（公元 756 年）岁暮，永王李璘向李白抛来了橄榄枝，命韦子春前往庐山请他入幕。

李白曾在安史之乱爆发前奔赴幽州察看敌情，此时家国支离破碎，他祈盼一生的报国时机终于降临。

李白不能自欺，他心动了。

骏马嘶鸣，旭阳东升。李白换下了那身飘渺出尘的道袍，奋不顾身地扎进了看似浓墨重彩般的仕途。可这时的他不知道，他视若珍宝的"机会"，日后将成为索取他性命的铡刀。

至德二载（公元 757 年）正月，李白加入永王军，并作组诗《永王东巡歌十一首》以咏志。自此，他名义上正式成了永王的兵马。

一个月后，风云突变。文坛上，李白的确是一个声名远扬的大人物，但在官场里，在政治的洪流之中，他也只能被裹挟前行。在这天翻地覆的政局变动和云谲波诡的权力斗争中，李白作为一个政治的牺牲品，夹在中间，既无力改变时局，又无法逃脱命运的牢笼。

至德二载二月，李璘以谋反之罪被杀，李白虽然不是他主要的谋士，但也受牵连被捕，被关在浔阳（今江西省九江市）的监狱里。这一年，李白已经 56 岁了。

真的是谋反吗？

他只是想报国而已，去"扫胡尘""救河南"。而那些莫须有的罪名，同"飞燕之祸"一样的冤枉之名，又从何而来？

当时宣慰大使崔涣和御史中丞宋若思为李白极力奔走，认为李白罪轻应放，并上书朝廷，荐李白可用。

但唐肃宗不允许，当年的十二月底，朝廷判处李白刑罚加役流。幸好还有郭子仪为李白求情，愿以辞官为易，才将刑罚改为流放夜郎。

李白在诗里是自己的王，可在现实世界中，他飘摇如尘土。无论有何种抱负，最终也都付诸流水。

当逐梦者反而被自己的梦想中伤，寂寥陨落时，在千百年后的我们看来，这或许只是一出绝顶的天才谢幕的悲剧，但对于当事者李白来说，却是余生最残忍的结局。

再看杜甫这边，他在与李白分别后，境遇也是悲惨至极。

"野无遗贤"的闹剧结束，他又穷困潦倒了十余年，才被授予一个"河西尉"这样的小官。可杜甫"不作河西尉，凄凉为折腰"，朝廷便将他改任右卫率府兵曹参军，这对于以"贤相"自视的他是莫大的耻辱。

这些年，他看遍了人间疾苦，尤其是在安史之乱后，更是心痛怜悯那些流离失所的百姓。他的心境用五百年后张养浩的一句话形容便是：兴，百姓苦；亡，百姓苦。

后来，杜甫四处打探李白的消息。这时的他投奔了肃宗，终于被授为左拾遗，这是他此生做过最高的职位——一个八品小官。

可面对众人都避之不及的李白，杜甫仍不顾肃宗想法，毫不犹豫地站在了李白那边，作诗为他摇旗呐喊。

这两个潇洒又复零落的诗人的灵魂，远隔千山万水，仍惺惺相惜地依偎在一起。

可惜，命运向来不对"有情人"悲悯。直到李白临终，这对知己都未能再见一面。

岁聿云暮，河边的梨树掉尽了最后一片叶子。

杜甫站在树下，学着李白的样子用手去接落叶。他与李白不过才分别两个月，这两个月却过得度日如年。他现在每天除了温习书卷，剩下的时间就是吃饭睡觉想李白。

"来日方长……"

杜甫口中喃喃，直到朋友手中扬着什么在身后喊了一声："杜二甫，你的信！"

杜甫回过神来，转身走过去。打开信封后，信纸上是熟悉的字迹。

我来竟何事？高卧沙丘城。

城边有古树，日夕连秋声。

鲁酒不可醉，齐歌空复情。

思君若汶水，浩荡寄南征。[1]

"太白……是太白！"杜甫惊呼。

朋友闻声探头，讶异羡慕道："太白说什么了？"

杜甫眉梢眼角都是喜色："他说他最近闲居在沙丘城，那里四围古树众多，日

思君

君不见

1.《沙丘城下寄杜甫》。

夜发出秋声。鲁地的酒不能令他沉醉，齐地的歌也空有其情。他对一切闲懒无意，只因思念我的心情如同汶水，已随我浩荡向南奔流。"

杜甫语毕，泪花闪烁："原来太白也在想我……"

朋友听后猛然瞪大眼睛："太白和你关系这么好？"

杜甫抹了把眼泪，骄傲地一抽鼻子："那是，我俩双向奔赴！"

是夜。

"你说太白带着你采仙草、炼仙丹，还约你以后一起寻仙问道，这么好的机会你怎么不答应？"朋友疯狂摇着杜甫肩膀，"子美，你糊涂啊！"

杜甫叹了一口气道："道家出世，儒家入世。我放不下报国的志向，自然不能与太白一起归隐修仙。"

"况且……"杜甫看着摇曳的烛光，眉头微蹙，"我总觉得太白的问道不过是排遣仕途失意，并非真的放下一切了。等会儿，我记着他之前有篇文章好像写过……"

杜甫翻箱倒柜找起李白曾经的作品，结果翻着翻着就忘了最初的目的，开始品读起来："'大鹏一日同风起，扶摇直上九万里。'[1] 哎呀呀，这等气势，哪是凡人能写出来的？"

"还有这首，'连峰去天不盈尺，枯松倒挂倚绝壁。'[2] 这形

1.《上李邕》。
2.《蜀道难》。

容高山的手法真是让人拍案叫绝！"

两个时辰过去了，杜甫这才想起自己本来要干什么。

吾与尔，达则兼济天下，穷则独善一身。安能餐君紫霞，荫君青松，乘君鸾鹤，驾君虬龙，一朝飞腾，为方丈、蓬莱之人耳？此则未可也。[1]

"哎，找着了！你看看，人家太白自己都说了……"杜甫找到了证据，正兴致勃勃要和朋友探讨，却发现他已然睡着。

杜甫拿着文章愣了愣，而后回首看向窗外的月亮。他走到桌案前，思索半晌，提笔写下：

寂寞书斋里，终朝独尔思。

更寻嘉树传，不忘角弓诗。

短褐风霜入，还丹日月迟。

未因乘兴去，空有鹿门期。[2]

我在这寂寞孤独的书斋里，朝夕思念你。翻箱倒柜寻找你的文章，常常吟诵你的诗作。冬日的风霜侵入我的粗麻短衣，丹药应是炼不成了。不能再乘兴离开长安，隐居鹿门的期待终是落空了。

北风呼啸着离开，灌木里生出了二月的第一朵迎春花。

不知道李白在江东干什么呢？

杜甫忽然想起之前在梁园那个月夜，自己写给他的那首诗还没有作完。

1.《代寿山答孟少府移文书》。

2.《冬日有怀李白》。

"白也诗无敌，飘然思不群。清新庾开府，俊逸鲍参军。"杜甫看着眼前的景致，拿出信纸，写完当日脑海里的诗句，"渭北春天树，江东日暮云。何时一樽酒，重与细论文。"[1]

太白啊，我们何时能再聚齐，一起举杯畅饮，共论诗篇？真是想念你啊……

杜甫眸色深重，而后拿起书本，继续读起来。长安城笙歌叠奏，雨濯春尘，一派康衢烟月的繁昌景象。

玄宗昭告天下，"通一艺者"可来应试，杜甫信心满满地参加了考试。

结果在李林甫的导演下，有着学富五车的学识与济世安民的壮志的杜甫，只在一场"野无遗贤"的闹剧里，充当了一位连姓名都没有的路人甲。

哪怕他后来转向权贵之门，奔走献赋，都全无结果。

举进士不中第，困长安。[2]

而随着杜甫在底层看到越来越多的人间疾苦，他的诗风也变了。他对百姓的悲悯如同一根针，刺破了他诗作中最后对这盛世的粉饰泡沫。

秦山忽破碎，泾渭不可求。俯视但一气，焉能辨皇州。[3]

杜甫登上大雁塔，众人望见的都是繁华之景，唯独他看见了

1.《春日忆李白》。
2.《新唐书·杜甫传》。
3.《同诸公登慈恩寺塔》。

风雨飘摇的李唐王朝。

"太白，若你在这里，一定能明白我都看到了什么。"

多年后，曾志向"致君尧舜"的一贫如洗的杜甫，终于做了个八品小官，职责是看守兵甲器仗。

天宝十四载（公元 755 年）十月，他由长安回到奉先县探望妻儿。皇宫内外君臣纵情欢乐，一路上却民不聊生。赶到家中后，小儿子竟已经活生生饿死了。

"入门闻号啕，幼子饥已卒。吾宁舍一哀，里巷亦呜咽。"杜甫双手颤抖着，满怀愤世与哀世写下这首《自京赴奉先县咏怀五百字》。

自此，他的诗不再是诗，而是字字泣血的史书。

天宝十四载十一月，安史之乱爆发。

一切都如同杜甫的猜想，曾经的太平盛世、琳琅大唐，如一朵琉璃雕成的花，粉碎得猝不及防。

次年六月，潼关失守。杜甫北上时被俘，押至长安。

狱中，杜甫摩挲着袖中那两张早已泛黄的信纸，低声自语道："太白……"

"你现在可还安好？又在何方？"

后来杜甫从狱中逃出后，依旧密切关注时局的发展，为减轻百姓疾苦、剿灭叛军建言献策。《乾元元年华州试进士策问五首》《观安西兵过赴关中待命二首》……杜甫不知疲惫地写着，哪怕根本没有人在意他的诗。

对此，杜甫无奈又无力。

他又何尝不知自己在做无用功，可他的人生已然如此，变不了了。他的笔与血液，早已和万千百姓连到了一起。

杜甫看着天上的月亮，苦笑一声。

不知何时起，他只要思念李白，便会抬头望望月亮。在那轮皎白的玉盘里，杜甫仿佛能看见十年前，他和李白一起快意自由的日子。而那些迎着风的笑声，是他悲苦日子里的唯一解药。

"太白，我回不到那个意气风发的时候了，也再写不出'会当凌绝顶'那样的诗。"

"太白，你当初离开仕途是对的。寻仙也好，避世也罢。继续翱翔吧，不要回头。"

或许因为太久不见李白了，杜甫竟然忘记了自己当年对他的猜测。

疾苦犹万千。

李白……又安能闲当道中仙？

至德二载（公元 757 年）。

报国无门，急得昏了头的李白，加入了永王的队伍。

正月，李白作了组诗《永王东巡歌》。也正是这组诗，让李白下入狱中，从鬼门关走了一遭。

往日里，李白是名满天下的文人，是天之骄子，所有人都巴不得与他结识。

可现在，他是锒铛入狱的谋逆贼子，是即将被斩首的戴罪之人。那些昔日围在他身边的"好友"，此时都如鸟兽散。

杜甫在听闻李白遭难后，却连忙作了一首诗。

才高心不展，道屈善无邻。

处士祢衡俊，诸生原宪贫。

稻粱求未足，薏苡谤何频。[1]

你才华甚高竟无人重用，德行佳美却无人理解。你的才智好比祢衡，命运却失意如原宪。

我知道，你投靠永王定为生活所迫，有人却别有用心，造谣你收了永王的重金，这简直是诽谤！

所幸被流放的李白恰逢关中大旱，皇帝大赦天下，他也因此不必再长流夜郎。

不过杜甫此时流寓秦州，因为地方僻远，消息闭塞，所以并不知道李白被赦免的消息。他终日提心吊胆，依旧担忧着李白。白日忧思，夜间成梦。

死别已吞声，生别常恻恻。

江南瘴疠地，逐客无消息。

故人入我梦，明我长相忆。

君今在罗网，何以有羽翼。

1.《寄李十二白二十韵》。

恐非平生魂，路远不可测。[1]

死别已经足够令人悲伤，生离却更是残忍。江南瘴疠流行，你为何全无消息？老朋友啊，我终日思念你，你因此来到我的梦中。可你现在身陷囹圄，是怎样身披羽翼飞来这北国之地的呢？那道路遥远，我真怕梦里来见我的人，已经是一缕魂魄了。

由于恐惧，杜甫从梦中赫然惊醒。他的里衣已被汗水全然浸透，额上也都是冷汗。他双手紧攥着，骨节用力到不见血色。

"太白……太白……"杜甫把头埋在双膝上。

你究竟在何处啊……

当杜甫得知李白没有被流放，还活得好好的，顿时欣喜若狂。

他一开始还以为是朋友在安慰自己，直到他读到了李白遇赦而作的《早发白帝城》。

诗句有声有情，飘逸洒脱。

杜甫眼里噙着泪光："是太白！是他写的诗！"

杜甫大踏步走到书桌前，即刻挥笔泼墨：

不见李生久，佯狂真可哀。

世人皆欲杀，吾意独怜才。

敏捷诗千首，飘零酒一杯。

匡山读书处，头白好归来。[2]

太白，我已许久不见你了。世上的人想杀你，只有我怜惜你

1.《梦李白二首·其一》，杜甫。
2.《不见》，杜甫。

的才华。你才思敏捷，作诗千首，却飘零无依，只酒一杯。那匡山上还有你读书的旧居，头发既然已经花白了，就回来吧。

杜甫认认真真地写下这首诗，亲手给李白寄了出去。

"来日方长……"杜甫回忆起当年，李白粲然笑着对自己说的这句话。他看着满园梨树，轻声低语。

"太白啊，这'来日'一长，便长到了我年近半百。"

"我们……也该再见见面了吧？"

杜甫不知道李白有没有收到自己的信，他也没有等来那场见面。杜甫再收到李白的消息时，已经是李白长逝的噩耗了。

可笑的是，面对这位自己念了十余载的故友，杜甫连他究竟是怎么死的都不清楚。

病逝，捉月，醉亡……

李白就这样轻飘飘化作一句"逝了"，来到了杜甫耳畔。

窗外落叶缤纷，现在已是深秋。想来以前每次和太白见面，似乎都是秋天。

杜甫面色平静如水，静静站在院子里望着漫天飞舞的落叶，直到那金黄洒了他一肩头。

人在太过悲伤的时候是没有眼泪的，因为一切哀痛都会在未来某个平凡的瞬间，以碎骨的疼痛击中你。

不知多久以后，杜甫终于在听友人偶然提起"孟潴泽"三个字时，失声痛哭起来。

杜甫一个人喝着酒，一遍一遍回忆着他们夕阳下策马奔腾的飞扬身影，月夜里纵情高歌的荒诞不经。

可那些恣意的、闪着光的日子，他笑着用手指点点自己的头，说"记得，在这里"的日子，却随着杜甫年岁的增长，逐渐模糊不清了。

昔者与高李，晚登单父台。

寒芜际碣石，万里风云来。

桑柘叶如雨，飞藿共徘徊。

清霜大泽冻，禽兽有馀哀。

……

不及少年日，无复故人杯。[1]

昔我游宋中，惟梁孝王都。

……

忆与高李辈，论交入酒垆。

两公壮藻思，得我色敷腴。

气酣登吹台，怀古视平芜。

芒砀云一去，雁鹜空相呼。[2]

杜甫拿起笔，把过去的点点滴滴都写成了诗。

而当他写下来的那一刻，才忽然意识到原来诗是这样一种有魔力的东西。那些不可追忆的往昔，以一种永不逝去的方式，被

1.《昔游》，杜甫。

2.《遣怀》，杜甫。

墨色的平仄永远留了下来。就像只要那些落笔惊风雨、浪漫瑰丽的诗在，李白就还在。只要杜甫早年间雄奇奔放、踌躇满志的诗在，那个意气风发的少年就还在。

同样，只要他们两个弯弓扬鞭、醉饮山河的诗还在，那这场青山有思、白鹤忘机之游，就永远都在。

又是一年秋。

杜甫接住一片落叶，释然地笑了出来："太白，诗里等我。总有一天我会去找你。"

杜甫说着，眼前恍若出现了那个在梁宋的黄昏。

他看着李白离开的方向，双手拢在嘴边高喊："太白！不见不散！"

时间的烟尘中，那匹白马已经逐渐跑远。

忽然，前方传来一道熟悉的声音，遥远但清晰。

"好！不见不散！"

怀念之诗

冬日有怀李白

〔唐〕杜甫

寂寞书斋里，终朝独尔思。

更寻嘉树传，不忘角弓诗。

短褐风霜入，还丹日月迟。

未因乘兴去，空有鹿门期。

诗文鉴赏

这首诗写于杜甫与李白分别不久之际。冬季寒冷，书房里更是冷冷清清。

知音难觅，对比先前两人一同高谈阔论、饮酒赋诗的快乐时光，现在显得尤为寂寥。

全诗大意为：我孤独地坐在这寂寞书斋里，从白天到黑夜地思念着你。

翻遍书斋的每一处书柜寻找你的文章，不敢忘记你的诗篇。我的短袄内满是冬日的风霜，仙丹灵药到现在还没炼成。可惜我不能乘兴离开长安，隐居鹿门已是空有所愿。

怀 念 之 诗

春日忆李白

〔唐〕杜甫

白也诗无敌，飘然思不群。

清新庾开府，俊逸鲍参军。

渭北春天树，江东日暮云。

何时一樽酒，重与细论文。

诗 文 鉴 赏

诗是李白杜甫二人友谊的起点，而在这首诗中，杜甫毫不吝惜笔墨地去赞扬李白的诗作无人能敌、冠绝当代。杜甫深感，李白的诗之所以能远超常人，是因为他的思想不同凡俗。

杜甫用来与李白做对比的庾信和鲍照，都是南北朝时期的著名诗人。"清者，流丽而不浊滞；新者，创见而不陈腐也。俊逸者，笔势清爽。"杜甫夸赞李白的诗句饱有清新之感，也不乏俊逸之风。在钦仰李白的瑰丽诗篇后，杜甫笔锋一转，写到两个人身上。杜甫在长安远望春日树色，而李白在江东看着日暮下的薄云，融情于景。两人天各一方，遥遥思念。

最后，杜甫发出期望——把酒言欢。这是杜甫最快乐，也是最想念的回忆。他迫不及待想再和李白见面，金樽对月，共话诗文。

天末怀李白

〔唐〕杜甫

凉风起天末，君子意如何？

鸿雁几时到？江湖秋水多！

文章憎命达，魑魅喜人过。

应共冤魂语，投诗赠汨罗。

诗 文 鉴 赏

李白加入永王队伍，因而得罪唐肃宗而被抓入狱，后来被流放到夜郎。李白在押解之下从洞庭到巫山，后遇赦放还。作为李白的好友，杜甫当时远在秦州，还未得知李白遇赦的消息，所以时时担忧他的安危，更是愤慨他蒙受不白之冤。此时已是深秋，凉风阵阵。杜甫常常设想，李白在流放途中会看到何种景象？又该是何种心情？在这种心境下，杜甫写下了此诗。

全诗大意为：秋天的冷风从天边刮过来，太白啊，你现在的心境是怎样呢？我不知道鸿雁几时能送来你的消息，毕竟那潇湘洞庭，水涨浪高。文采斐然出众的人总是命运多舛，而魑魅鬼怪喜爱幸灾乐祸。你如屈原一样蒙冤受屈，想必你会和他共语，把诗作投入汨罗江相赠。

梦李白二首·其一

〔唐〕杜甫

死别已吞声，生别常恻恻。

江南瘴疬地，逐客无消息。

故人入我梦，明我长相忆。

君今在罗网，何以有羽翼？

恐非平生魂，路远不可测。

魂来枫林青，魂返关塞黑。

落月满屋梁，犹疑照颜色。

水深波浪阔，无使蛟龙得。

梦李白二首·其二

〔唐〕杜甫

浮云终日行，游子久不至。

三夜频梦君，情亲见君意。

告归常局促，苦道来不易。

江湖多风波，舟楫恐失坠。

出门搔白首，若负平生志。

冠盖满京华，斯人独憔悴。

孰云网恢恢，将老身反累。

千秋万岁名，寂寞身后事。

诗 文 鉴 赏

《梦李白二首》组诗作于乾元二年（公元 759 年）秋天，当时李白因永王李璘事件长放夜郎，至巫山被赦还江陵。

杜甫得知李白被流放的消息，心中十分挂念，甚而日有所思夜有所梦。

时年李白已经五十八岁，杜甫也四十七岁了，距离分手已有十四年之久，而杜甫对于李白的关心并未因时间流逝而变淡，这必定是真正情谊深厚的好友才能做到的。

寄李十二白二十韵

〔唐〕杜甫

昔年有狂客，号尔谪仙人。

笔落惊风雨，诗成泣鬼神。

声名从此大，汩没一朝伸。

文采承殊渥，流传必绝伦。

龙舟移棹晚，兽锦夺袍新。

白日来深殿，青云满后尘。

乞归优诏许，遇我宿心亲。

未负幽栖志，兼全宠辱身。

剧谈怜野逸，嗜酒见天真。

醉舞梁园夜，行歌泗水春。

才高心不展，道屈善无邻。

处士祢衡俊，诸生原宪贫。

稻粱求未足，薏苡谤何频。

五岭炎蒸地，三危放逐臣。

几年遭鵩鸟，独泣向麒麟。

苏武先还汉，黄公岂事秦。

楚筵辞醴日，梁狱上书辰。

已用当时法，谁将此义陈。

老吟秋月下，病起暮江滨。

莫怪恩波隔，乘槎与问津。

此诗作于唐肃宗乾元二年（公元 759 年）秋，亦说作于唐代宗宝应元年（公元 762 年），是在杜甫得知李白被流放后所作。全诗说明了李白的一生，甚为详尽，颇有以诗为传的意味。明代文学家王嗣奭就曾说："此诗分明为李白作传，其生平履历备矣。"

全诗共分为四段，第一段从首句到"青云"句，高度概括了李白的前半生。

"李白初至长安，贺知章闻其名，首访之。既奇其姿复请其为文。白出《蜀道难》以示之。读未竟，称叹者数四，号为谪仙。"[1]

因此杜甫开篇便引用了这个典故，当年的狂客贺知章，称太白为"谪仙人"。墨笔一落，可惊动狂风暴雨，挥笔诗成，鬼神看到后都为之涕泣。李白从此一鸣惊人，名声响彻长安，过去的失意全然消失。后来，李白因文采斐然而供奉翰林，精彩绝伦的诗篇必会被永远流传。陪伴圣上泛舟至日暮，甚至有"承恩赐御衣"的殊荣。皇帝经常召见李白草拟文告乐章，一切都预示着李白日后必平步青云。

第二段从"乞归"句到"诸生"句，记述了李白被赐金放还后漫游南北的情景，并回忆了李白与自己同游的经历。杜甫描写李白是乞求离开，因皇恩浩荡，朝廷才准许了这一请求。

而实际上这是出于杜甫对好友太白的私心维护。因为李白是

1.《本事诗·高逸》。

遭到高力士等人的谗言佞语而被放逐出京的。在放还途中，李白与杜甫相遇。后面，杜甫又写李白没有辜负自己求隐幽居的志向，在受宠与遭谗的不同情况下都能自保，这里他依旧是在维护太白。后来杜甫与李白相遇了，"野逸"即洒脱不羁，"天真"即坦诚赤诚。两人惺惺相惜，相互理解。梁园的夜晚，他们醉酒起舞，春日的泗水畔，他们纵情放歌。可虽然李白才华横溢，却仕途受挫，道德高洁，却没人理解。虽然他才智堪比东汉文士祢衡，但遭遇坎坷，命运有如穷困的孔子弟子原宪。

第三段从"稻粱"到"谁将"句，描写了李白遇难，流放夜郎的前后。杜甫面对李白"造反"一事不遮不掩，直接说明自己看法——他是被冤枉的。李白受聘不过是生活所迫，有人说他收了永王的重金贿赂，这根本是造谣。可李白却因此被连累而遭流放。几年之内，李白犹如鹏鸟（古代认为是不祥之鸟）入室，屡屡遭祸，杜甫深知李白现在心绪必然哀伤。随后，杜甫再次用典，用苏武和夏黄公的故事，说明李白不是真心攀附逆王。被皇上误会冷待后，李白也曾上书辩解。如果当时只因事理难明，就让他认罪伏法，那现在谁又能向朝廷陈述这些道理？

第四段为最后四句。杜甫称赞李白暮年仍吟咏不辍，愿他为人间多作好诗。同时也规劝李白不要抱怨没得到皇上恩泽，而要上书朝廷，探求真相。

整首诗用典巧妙，对仗工整。备叙李白一生，殆无遗事。

怀念之诗

不见

〔唐〕杜甫

不见李生久，佯狂真可哀。

世人皆欲杀，吾意独怜才。

敏捷诗千首，飘零酒一杯。

匡山读书处，头白好归来。

诗 文 鉴 赏

这首诗人约写于唐肃宗上元二年（公元761年），次年李白病逝，这首诗可能是杜甫在李白生前给他写的最后一作。

此时杜甫与李白已经十五年未见面，此诗通篇字句都是对李白的"想念"和"想见"。

全诗大意为：我已经许久没见太白你了，世人都道你"佯狂"，可唯有我知道，这"佯狂"背后是你仕途不顺、不满现实的伪装，这令我哀伤叹惋。在你被定为"乱臣贼子"，满朝文武喊着"其罪当诛"时，唯有我怜惜你的才华。你才思敏捷，提笔便能作诗千首，同时又飘零许久，以酒浇愁，以诗作伴。你少时读书于匡山，如今你头发也花白了。

要不，落叶归根，回家吧。

离世

故人入我梦

明我长相忆

❊ 第六章 ❊

李白离世

公元762年，李白病重，在病榻上把手稿交给了李阳冰，赋《临终歌》而与世长辞，终年六十二岁，一代谪仙的故事最终缓缓落下帷幕。

但李白和杜甫的友谊并未结束，因为杜甫在余生也始终在思念着李白。

杜甫的心在人间，而李白心向天境。

李白离世只是回到了那个属于他的地方，而他们迟早会在天境再遇。

遣怀

〔唐〕杜甫

昔我游宋中，惟梁孝王都。名今陈留亚，剧则贝魏俱。

邑中九万家，高栋照通衢。舟车半天下，主客多欢娱。

白刃雠不义，黄金倾有无。杀人红尘里，报答在斯须。

忆与高李辈，论交入酒垆。两公壮藻思，得我色敷腴。

气酣登吹台，怀古视平芜。芒砀云一去，雁鹜空相呼。

先帝正好武，寰海未凋枯。猛将收西域，长戟破林胡。

百万攻一城，献捷不云输。组练弃如泥，尺土负百夫。

拓境功未已，元和辞大炉。乱离朋友尽，合沓岁月徂。

吾衰将焉托，存殁再鸣呼。萧条益堪愧，独在天一隅。

乘黄已去矣，凡马徒区区。不复见颜鲍，系舟卧荆巫。

临餐吐更食，常恐违抚孤。

诗 文 鉴 赏

《遣怀》是杜甫回忆自己曾与李白、高适等人同游、把酒言
欢的往事。在晚年之时，追忆起这段游历，杜甫仍觉无限乐趣。
只有十分深厚的情谊，才能在历经沧桑之后，忆起往日的情景仍
如此清晰。而此时李白已然离世，这份追忆更是的无限感伤。

昔游

〔唐〕杜甫

昔者与高李，晚登单父台。寒芜际碣石，万里风云来。

桑柘叶如雨，飞藿去裴回。清霜大泽冻，禽兽有馀哀。

是时仓廪实，洞达寰区开。猛士思灭胡，将帅望三台。

君王无所惜，驾驭英雄材。幽燕盛用武，供给亦劳哉。

吴门转粟帛，泛海陵蓬莱。肉食三十万，猎射起黄埃。

隔河忆长眺，青岁已摧颓。不及少年日，无复故人杯。

赋诗独流涕，乱世想贤才。有能市骏骨，莫恨少龙媒。

商山议得失，蜀主脱嫌猜。吕尚封国邑，傅说已盐梅。

景晏楚山深，水鹤去低回。庞公任本性，携子卧苍苔。

诗 文 鉴 赏

《昔游》作于公元 766 年，是杜甫专门回忆与高适、李白同游宋、齐之事，可以看作是《壮游》的补充，是杜甫的回忆自传诗作。再次作诗更可以看出杜甫对这段往事的念念不忘。描写如此空旷壮观的景致，如同杜甫被风填满的心志，那段时间对他来说一定是十分美好而无憾的。

不尽长江滚滚来

无边落木萧萧下

杜甫离世

公元770年，杜甫在潭州往岳阳的一条小船上去世，经历数年的流浪与漂泊，他终于和他的好友李白，在这渺茫天地间再次相会。

贰零贰肆 2024 CALENDAR

壹

一	二	三	四	五	六	日
01 元旦	02 廿一	03 廿二	04 廿三	05 廿四	06 小寒	07 廿六
08 廿七	09 廿八	10 廿九	11 腊月	12 初二	13 初三	14 初四
15 初五	16 初六	17 初七	18 腊八节	19 初九	20 大寒	21 十一
22 十二	23 十三	24 十四	25 十五	26 十六	27 十七	28 十八
29 十九	30 二十	31 廿一				

肆

一	二	三	四	五	六	日
01 廿三	02 廿四	03 廿五	04 清明	05 廿七	06 廿八	07 廿九
08 三十	09 三月	10 初二	11 初三	12 初四	13 初五	14 初六
15 初七	16 初八	17 初九	18 初十	19 谷雨	20 十二	21 十三
22 十四	23 十五	24 十六	25 十七	26 十八	27 十九	28 二十
29 廿一	30 廿二					

柒

一	二	三	四	五	六	日
01 廿六	02 廿七	03 廿八	04 廿九	05 三十	06 小暑	07 初二
08 初三	09 初四	10 初五	11 初六	12 初七	13 初八	14 初九
15 初十	16 十一	17 十二	18 十三	19 十四	20 十五	21 十六
22 大暑	23 十八	24 十九	25 二十	26 廿一	27 廿二	28 廿三
29 廿四	30 廿五	31 廿六				

拾

一	二	三	四	五	六	日
	01 国庆节	02 三十	03 九月	04 初二	05 初三	06 初四
07 初五	08 寒露	09 初七	10 初八	11 重阳节	12 初十	13 十一
14 十二	15 十三	16 十四	17 十五	18 十六	19 十七	20 十八
21 十九	22 二十	23 霜降	24 廿二	25 廿三	26 廿四	27 廿五
28 廿六	29 廿七	30 廿八	31 廿九			

贰

一	二	三	四	五	六	日
			01 廿二	02 廿三	03 廿四	04 立春
05 廿六	06 廿七	07 廿八	08 廿九	09 除夕	10 春节	11 初二
12 初三	13 初四	14 初五	15 初六	16 初七	17 初八	18 初九
19 雨水	20 十一	21 十二	22 十三	23 十四	24 元宵节	25 十六
26 十七	27 十八	28 十九	29 二十			

叁

一	二	三	四	五	六	日
				01 廿一	02 廿二	03 廿三
04 廿四	05 惊蛰	06 廿六	07 廿七	08 妇女节	09 廿九	10 二月大
11 初二	12 初三	13 初四	14 初五	15 初六	16 初七	17 初八
18 初九	19 初十	20 春分	21 十二	22 十三	23 十四	24 十五
25 十六	26 十七	27 十八	28 十九	29 二十	30 廿一	31 廿二

伍

一	二	三	四	五	六	日
		01 劳动节	02 廿四	03 廿五	04 廿六	05 立夏
06 廿八	07 廿九	08 四月小	09 初二	10 初三	11 初四	12 初五
13 初六	14 初七	15 初八	16 初九	17 初十	18 十一	19 十二
20 小满	21 十四	22 十五	23 十六	24 十七	25 十八	26 十九
27 二十	28 廿一	29 廿二	30 廿三	31 廿四		

陆

一	二	三	四	五	六	日
					01 廿五	02 廿六
03 廿七	04 廿八	05 芒种	06 五月	07 初二	08 初三	09 初四
10 端午节	11 初六	12 初七	13 初八	14 初九	15 初十	16 十一
17 十二	18 十三	19 十四	20 十五	21 夏至	22 十七	23 十八
24 十九	25 二十	26 廿一	27 廿二	28 廿三	29 廿四	30 廿五

捌

一	二	三	四	五	六	日
			01 廿七	02 廿八	03 廿九	04 七月
05 初二	06 初三	07 立秋	08 初五	09 初六	10 七夕节	11 初八
12 初九	13 初十	14 十一	15 十二	16 十三	17 十四	18 中元节
19 十六	20 十七	21 十八	22 处暑	23 二十	24 廿一	25 廿二
26 廿三	27 廿四	28 廿五	29 廿六	30 廿七	31 廿八	

玖

一	二	三	四	五	六	日
						01 廿九
02 三十	03 八月	04 初二	05 初三	06 初四	07 白露	08 初六
09 初七	10 初八	11 初九	12 初十	13 十一	14 十二	15 十三
16 十四	17 中秋节	18 十六	19 十七	20 十八	21 十九	22 秋分
23 廿一	24 廿二	25 廿三	26 廿四	27 廿五	28 廿六	29 廿七
30 廿八						

拾壹

一	二	三	四	五	六	日
				01 十月	02 初二	03 初三
04 初四	05 初五	06 初六	07 立冬	08 初八	09 初九	10 初十
11 十一	12 十二	13 十三	14 十四	15 十五	16 十六	17 十七
18 十八	19 十九	20 二十	21 廿一	22 小雪	23 廿三	24 廿四
25 廿五	26 廿六	27 廿七	28 廿八	29 廿九	30 三十	

拾贰

一	二	三	四	五	六	日
						01 冬月
02 初二	03 初三	04 初四	05 初五	06 大雪	07 初七	08 初八
09 初九	10 初十	11 十一	12 十二	13 十三	14 十四	15 十五
16 十六	17 十七	18 十八	19 十九	20 二十	21 冬至	22 廿二
23 廿三	24 平安夜	25 圣诞节	26 廿六	27 廿七	28 廿八	29 廿九
30 三十	31 腊月					

壹月

本月计划

一	二	三	四	五	六	日
01 元旦	**02** 廿一	**03** 廿二	**04** 廿三	**05** 廿四	**06** 小寒	**07** 廿六
08 廿七	**09** 廿八	**10** 廿九	**11** 腊月	**12** 初二	**13** 初三	**14** 初四
15 初五	**16** 初六	**17** 初七	**18** 腊八节	**19** 初九	**20** 大寒	**21** 十一
22 十二	**23** 十三	**24** 十四	**25** 十五	**26** 十六	**27** 十七	**28** 十八
29 十九	**30** 二十	**31** 廿一				

贰月

本月计划

一	二	三	四	五	六	日
			01 廿二	02 廿三	03 廿四	04 立春
05 李白农历生日	06 廿七	07 廿八	08 廿九	09 除夕	10 春节 杜甫农历生日	11 初二
12 初三	13 初四	14 初五	15 初六	16 初七	17 初八	18 初九
19 雨水	20 十一	21 十二	22 十三	23 十四	24 元宵节	25
26 十七	27 十八	28 十九	29 二十			

叁月

本月计划

一	二	三	四	五	六	日
			01 廿一	**02** 廿二	**03** 廿三	
04 廿四	**05** 惊蛰	**06** 廿六	**07** 廿七	**08** 妇女节	**09** 廿九	**10** 二月大
11 初二	**12** 初三	**13** 初四	**14** 初五	**15** 初六	**16** 初七	**17** 初八
18 初九	**19** 初十	**20** 春分	**21** 十二	**22** 十三	**23** 十四	**24** 十五
25 十六	**26** 十七	**27** 十八	**28** 十九	**29** 二十	**30** 廿一	**31** 廿二

肆月

本月计划

一	二	三	四	五	六	日
01 廿三	**02** 廿四	**03** 廿五	**04** 清明	**05** 廿七	**06** 廿八	**07** 廿九
08 三十	**09** 三月	**10** 初二	**11** 初三	**12** 初四	**13** 初五	**14** 初六
15 初七	**16** 初八	**17** 初九	**18** 初十	**19** 谷雨	**20** 十二	**21** 十三
22 十四	**23** 十五	**24** 十六	**25** 十七	**26** 十八	**27** 十九	**28** 二十
29 廿一	**30** 廿二					

伍月

本月计划

一	二	三	四	五	六	日
		01 劳动节	**02** 廿四	**03** 廿五	**04** 廿六	**05** 立夏
06 廿八	**07** 廿九	**08** 四月小	**09** 初二	**10** 初三	**11** 初四	**12** 初五
13 初六	**14** 初七	**15** 初八	**16** 初九	**17** 初十	**18** 十一	**19** 十二
20 小满	**21** 十四	**22** 十五	**23** 十六	**24** 十七	**25** 十八	**26** 十九
27 二十	**28** 廿一	**29** 廿二	**30** 廿三	**31** 廿四		

陆月

一	二	三	四	五	六	日
				01 廿五	**02** 廿六	
03 廿七	**04** 廿八	**05** 芒种	**06** 五月	**07** 初二	**08** 初三	**09** 初四
10 端午节	**11** 初六	**12** 初七	**13** 初八	**14** 初九	**15** 初十	**16** 十一
17 十二	**18** 十三	**19** 十四	**20** 十五	**21** 夏至	**22** 十七	**23** 十八
24 十九	**25** 二十	**26** 廿一	**27** 廿二	**28** 廿三	**29** 廿四	**30** 廿五

本月计划

柒月

本月计划：

一	二	三	四	五	六	日
01 廿六	**02** 廿七	**03** 廿八	**04** 廿九	**05** 三十	**06** 小暑	**07** 初二
08 初三	**09** 初四	**10** 初五	**11** 初六	**12** 初七	**13** 初八	**14** 初九
15 初十	**16** 十一	**17** 十二	**18** 十三	**19** 十四	**20** 十五	**21** 十六
22 大暑	**23** 十八	**24** 十九	**25** 二十	**26** 廿一	**27** 廿二	**28** 廿三
29 廿四	**30** 廿五	**31** 廿六				

捌月

本月计划

一	二	三	四	五	六	日
		01 廿七	**02** 廿八	**03** 廿九	**04** 七月
05 初二	**06** 初三	**07** 立秋	**08** 初五	**09** 初六	**10** 七夕节	**11** 初八
12 初九	**13** 初十	**14** 十一	**15** 十二	**16** 十三	**17** 十四	**18** 中元节
19 十六	**20** 十七	**21** 十八	**22** 处暑	**23** 二十	**24** 廿一	**25** 廿二
26 廿三	**27** 廿四	**28** 廿五	**29** 廿六	**30** 廿七	**31** 廿八	

玖月

本月计划

一	二	三	四	五	六	日
						01 廿九
02 三十	**03** 八月	**04** 初二	**05** 初三	**06** 初四	**07** 白露	**08** 初六
09 初七	**10** 初八	**11** 初九	**12** 初十	**13** 十一	**14** 十二	**15** 十三
16 十四	**17** 中秋节	**18** 十六	**19** 十七	**20** 十八	**21** 十九	**22** 秋分
23 廿一	**24** 廿二	**25** 廿三	**26** 廿四	**27** 廿五	**28** 廿六	**29** 廿七
30 廿八						

一	二	三	四	五	六	日
	01 国庆节	**02** 三十	**03** 九月	**04** 初二	**05** 初三	**06** 初四
07 初五	**08** 寒露	**09** 初七	**10** 初八	**11** 重阳节	**12** 初十	**13** 十一
14 十二	**15** 十三	**16** 十四	**17** 十五	**18** 十六	**19** 十七	**20** 十八
21 十九	**22** 二十	**23** 霜降	**24** 廿二	**25** 廿三	**26** 廿四	**27** 廿五
28 廿六	**29** 廿七	**30** 廿八	**31** 廿九			

本月计划

拾壹月

本月计划

一	二	三	四	五	六	日
				01 十月	**02** 初二	**03** 初三
04 初四	**05** 初五	**06** 初六	**07** 立冬	**08** 初八	**09** 初九	**10** 初十
11 十一	**12** 十二	**13** 十三	**14** 十四	**15** 十五	**16** 十六	**17** 十七
18 十八	**19** 十九	**20** 二十	**21** 廿一	**22** 小雪	**23** 廿三	**24** 廿四
25 廿五	**26** 廿六	**27** 廿七	**28** 廿八	**29** 廿九	**30** 三十	

拾贰月

一	二	三	四	五	六	日
						01 冬月
02 初二	**03** 初三	**04** 初四	**05** 初五	**06** 大雪	**07** 初七	**08** 初八
09 初九	**10** 初十	**11** 十一	**12** 十二	**13** 十三	**14** 十四	**15** 十五
16 十六	**17** 十七	**18** 十八	**19** 十九	**20** 二十	**21** 冬至	**22** 廿二
23 廿三	**24** 平安夜	**25** 圣诞节	**26** 廿六	**27** 廿七	**28** 廿八	**29** 廿九
30 三十	**31** 腊月					

和李杜开始的
100天读诗打卡

每完成一次诗文阅读，就可以填涂一次，
踏上李白和杜甫畅游的诗词世界吧！

1	2	3	4	5	6	7	8	9	10
11	12	13	14	15	16	17	18	19	20
21	22	23	24	25	26	27	28	29	30
31	32	33	34	35	36	37	38	39	40
41	42	43	44	45	46	47	48	49	50
51	52	53	54	55	56	57	58	59	60
61	62	63	64	65	66	67	68	69	70
71	72	73	74	75	76	77	78	79	80
81	82	83	84	85	86	87	88	89	90
91	92	93	94	95	96	97	98	99	100

读诗打卡

最爱的诗词书架

诗名

作者　　　　　　　　　　朝代

诗句摘录

赏析

读诗有感

诗名

作者　　　　　　　　　　朝代

诗句摘录

赏析

读诗有感

诗名

作者　　　　　　　　　　朝代

诗句摘录

赏析

读诗有感

诗名

作者　　　　　　　　　　朝代

诗句摘录

赏析

读诗有感

诗名

作者　　　　　　　　　　　　朝代

诗句摘录

赏析

读诗有感

诗名

作者　　　　　　　　　　　　朝代

诗句摘录

赏析

读诗有感

最爱的*诗词*书架

诗名

作者　　　　　　　　　　朝代

诗句摘录

赏析

读诗有感

诗名

作者　　　　　　　　　　朝代

诗句摘录

赏析

读诗有感

最爱的诗词书架

诗名

作者　　　　　　　　　　　　朝代

诗句摘录

赏析

读诗有感

诗名

作者　　　　　　　　　　　　朝代

诗句摘录

赏析

读诗有感

飞花分类

关键词

诗　句

关键词

诗　句

飞花分类

关键词

诗　句

关键词

诗　句

飞花分类

关键词

诗　句

关键词

诗　句

关键词

诗　句

关键词

诗　句

飞花分类

关键词

诗　句

关键词

诗　句

飞花分类

关键词

诗　句

关键词

诗　句

天宝三载（公元744年），

李白创作了纸本墨迹草书书法作品《上阳台帖》。

面对高耸峻拔的王屋山与源远流长的黄河之水，

李白感慨万千，想起自己的老友

司马承祯，提笔写下此帖。

作为李白留存的唯一真迹，

它字体苍劲雄浑而又气势飘逸，

不拘一格又放纵自如，

像极了李白恣意潇洒的人生。

山高水长物象

千万非有老

笔清壮何穷

十八日上阳合书

太白　李白

白也诗无敌，飘然思不群。清新庾开府，俊逸鲍参军。渭北春天树，江东日暮云。何时一樽酒，重与细论文。

——《春日忆李白》

四时都在的思念

浮云终日行，游子久不至。
三夜频梦君，情亲见君意。

——《梦李白二首·其二》

四时都在的思念

故人入我梦，明我长相忆。

君今在罗网，何以有羽翼？

——《梦李白二首·其一》

四时都在的思念

寂寞书斋里，终朝独尔思。更寻嘉树传，不忘角弓诗。短褐风霜入，还丹日月迟。未因乘兴去，空有鹿门期。

——《冬日有怀李白》

四时都在的思念

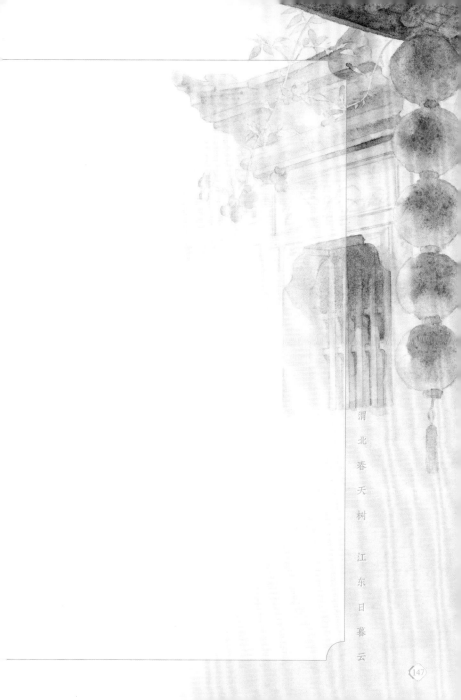

渭北春天树　江东日暮云

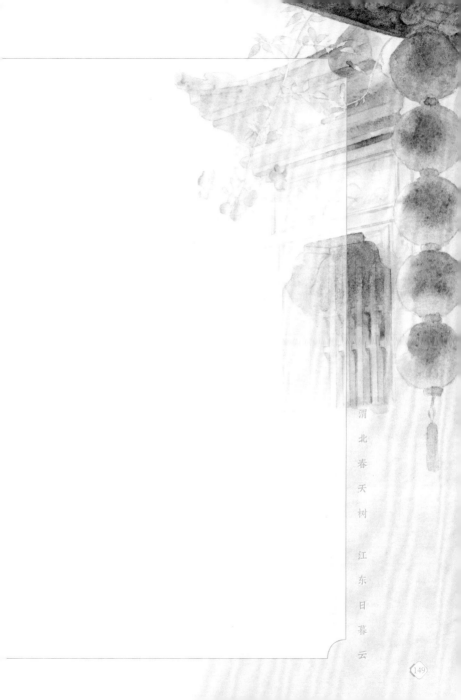

渭北春天树　江东日暮云

渭北春天树　江东日暮云

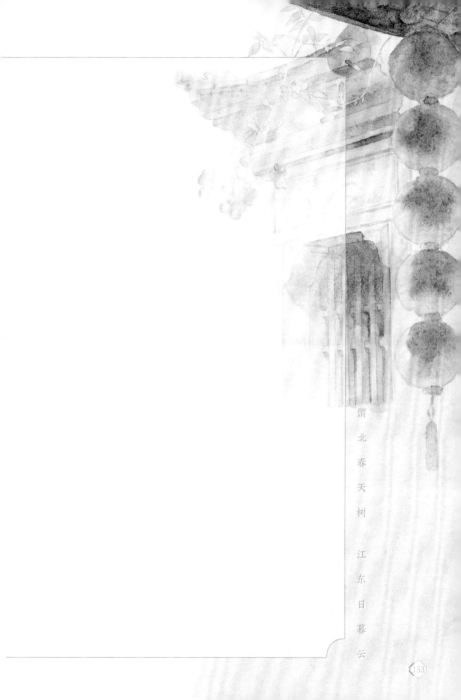

渭北春天树 江东日暮云

渭北春天树 江东日暮云

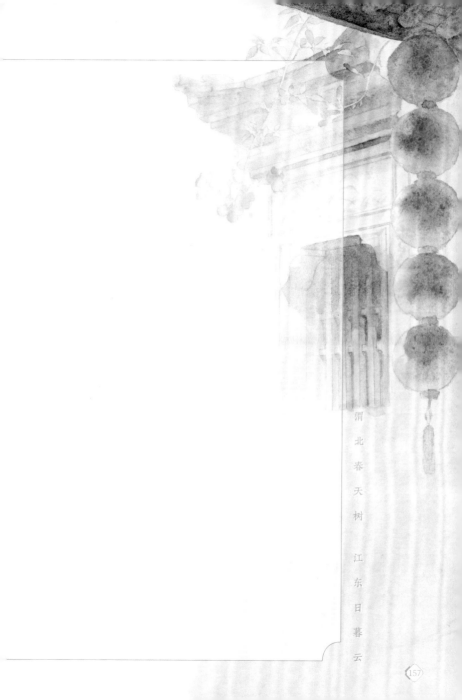

渭北春天树　江东日暮云

渭北春天树，江东日暮云

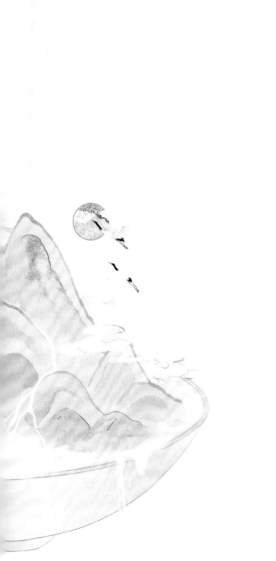

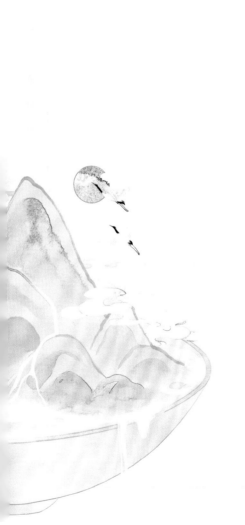

人生得意须尽欢　莫使金樽空对月

人生得意须尽欢　莫使金樽空对月

人生得意须尽欢 莫使金樽空对月

人生得意须尽欢 莫使金樽空对月

●

人生得意须尽欢　莫使金樽空对月

人生得意须尽欢 莫使金樽空对月

一百首李杜诗单

李白篇

一百首李杜诗单

杜甫篇

故人入我梦，明我长相忆。

飞蓬各自远，且尽手中杯。

白也诗无敌，飘然思不群。

思君若汶水，浩荡寄南征。

昔年有狂客，号尔谪仙人。

笔落惊风雨，诗成泣鬼神。

世人皆欲杀，吾意独怜才。

翻阅李杜朋友圈折页，
倾听仙圣的故事。

图书在版编目（CIP）数据

李白杜甫手札：醉眠秋共被 / 古人很潮编著 . --
北京：新世界出版社，2024.2
　　ISBN 978-7-5104-7864-2

　　Ⅰ .①李… Ⅱ .①古… Ⅲ .①李白（701-762）－生
平事迹②杜甫－生平事迹 Ⅳ .① K825.6

中国国家版本馆 CIP 数据核字 (2024) 第 013617 号

李白杜甫手札：醉眠秋共被

作　　者：古人很潮
选题策划：漫娱图书 龚伊勤
责任编辑：苏丽娅
装帧设计：殷悦
责任校对：宣慧
责任印制：王宝根
出　　版：新世界出版社
网　　址：http://www.nwp.com.cn
社　　址：北京西城区百万庄大街24 号（100037）
发 行 部：(010)6899 5968（电话）　(010)6899 0635（电话）
总 编 室：(010)6899 5424（电话）　(010)6832 6679（传真）
版 权 部：+8610 6899 6306（电话）　nwpcd@sina.com（电邮）
印　　刷：武汉鸿印社科技有限公司
经　　销：新华书店
开　　本：787mm×1092mm　1/32　尺寸：135mm×185mm
字　　数：103千字　　　　　　印张：6
版　　次：2024年 2 月第 1 版　2024 年 2月第 1 次印刷
书　　号：ISBN 978-7-5104-7864-2
定　　价：35.80元